RÉFUTATION
D'UN MÉMOIRE
PRÉTENDU
HISTORIQUE ET CRITIQUE
SUR
LA TOPOGRAPHIE DE PARIS:

DANS lequel le BIBLIOTHÉCAIRE ET HISTORIOGRAPHE DE LA VILLE, *a attaqué l'Histoire de l'emplacement de l'ancien Hôtel de Soissons, composée par M.* TERRASSON, *& sa Dissertation sur l'Enceinte de Paris faite par les ordres du Roi* PHILIPPE-AUGUSTE.

POUR servir de suite aux *Mélanges d'Histoire, de Littérature, &c.* de M. TERRASSON.

A PARIS,

DE L'IMPRIMERIE DE MICHEL LAMBERT, rue de la Harpe, près Saint Côme.

M. DCC. LXXII.

RÉFUTATION DU MÉMOIRE HISTORIQUE ET CRITIQUE SUR LA TOPOGRAPHIE DE PARIS.

L'Historien doit toujours avoir pour but d'inſtruire les hommes, & de ne jamais les tromper.

C'eſt d'après ce principe, que, me voyant ſuffiſamment muni de Titres authentiques & d'autorités reſpectables, j'ai cru pouvoir mettre au commencement de mes *Mélanges d'Hiſtoire, &c.*, des recherches ſur l'emplacement de l'ancien Hôtel de Soiſſons, & une Diſſertation ſur l'Enceinte de Paris faite par les ordres du Roi Philippe-Auguſte; ne m'imaginant pas que qui que ce ſoit prendroit la peine d'en faire la critique.

Mais, comme ces recherches hiſtoriques n'ont vraiſemblablement pas plu aux perſonnes qui, ſur ces deux objets, ont des prétentions oppoſées à celles de l'Archevêché de Paris, au ſujet de la Cenſive; le BIBLIOTHÉCAIRE & HISTORIOGRAPHE de la Ville s'eſt fait un *devoir en cette qualité* (ainſi qu'il nous l'apprend lui-même) *& par ſon attachement à la Ville*, d'entreprendre la critique de mon Hiſtoire & de ma Diſſertation. Cette marque de reconnoiſſance eſt certainement louable de la part de cet Hiſtoriographe : mais c'eſt autant qu'elle aura pour objet d'établir la vérité, & non de chercher à la détruire.

Mémoire Topographique, p. 97, à la fin.

Pour mettre le Public à portée de juger ſi la critique qui a été faite de mon ouvrage, eſt fondée, ou ſi elle ne l'eſt pas; je me crois obligé de lui remettre ſous les yeux un Extrait de mes deux Diſſertations : j'y ajouterai une idée générale du *Mémoire ſur la Topographie de Paris*, que j'ai a réfuter; après quoi j'entrerai en matiere, de maniere cependant à ne point fatiguer le Lecteur par des détails inutiles qui ne reviennent point au ſujet.

Extrait de l'HISTOIRE de l'emplacement de l'ancien Hôtel de Soiſſons, par M. Terraſſon.

Lorſque j'entrepris d'écrire l'Hiſtoire de l'emplacement de l'ancien Hôtel de Soiſſons, je ſuivis la route généralement tracée par tous les Hiſtoriens, entr'autres par feu M. l'Abbé le Beuf & par feu M. Bonamy, tous deux de l'Académie Royale des Inſcriptions & Belles-Lettres : ce dernier a même rempli pendant long-tems, & juſqu'à ſon décès, la place de *Bibliothécaire & Hiſtoriographe de la Ville*, dont l'Auteur du *Mémoire* prétendu *Topographique*, ſe trouve aujourd'hui pourvu.

L'Abbé le Beuf, *Hiſt. de la Ville & du Diocèſe de Paris*. Tom. I, p. 107, 108 & 109.

Mém. de l'Acad. des Inſcrip. & Bel. Let. T. XXIII, p. 262 de l'*Hiſtoire*.

Je ne comptai alors devenir ſupérieur à tous ces Hiſtoriens & à ces deux célébres Académiciens, qu'en ce qu'ayant été à portée de voir, au ſujet de l'emplacement de l'Hôtel de Soiſſons, un bien plus grand nombre de Titres que ceux dont ils avoient eu connoiſſance, je me trouvois en état de donner ſur le même objet un ouvrage, peut être moins bien raiſonné, mais plus complet que tous les leurs.

Je fis donc (comme tous ces Auteurs) l'Hiſtoire de cet emplacement, à commencer depuis la premiere Maiſon qui y fut bâtie par les Ancêtres d'un Jean de Neſle, ſecond du nom, qui, conjointement avec Euſtache de Saint-Pol, ſa femme, en fit donation à la Reine Blanche, mere de Saint Louis, en l'année 1230; & je crus devoir remarquer que dans l'acte d'acceptation de cette donation, Saint Louis reconnut que cet Hôtel étoit ſitué dans la Terre de l'Evêque de Paris, *in Terra Epiſcopi Pariſienſis.* Voulant continuer le fil de mon Hiſtoire depuis la mort de la Reine Blanche, décédée en cet endroit en 1252, juſqu'à Charles de Valois; je me ſervis des Hiſtoriens, auxquels je joignis un ancien *Livre des Cens de l'Evêché de Paris* de l'année 1372, écrit dans le tems, ſur vélin, & par lequel je vis que cette mention *in Terra Epiſcopi*, ſignifioit un droit de cenſive & de fonds de terre. Ce premier Terrier, & les autres dont je me ſervis enſuite, ſont ce qui a contribué à me faire faire les placemens juſtes, à cauſe des confrontations que ces mêmes Terriers contiennent, & des noms des anciens Poſſeſſeurs, qui y ſont rappelés.

De-là, passant au régne de Philippe de Valois, fils de Charles, & continuant jusqu'au régne de Charles VI, (tems où cet Hôtel avoit pris le nom d'Hôtel de Bohême ou de Bahaigne, parce que Jean de Luxembourg, Roi de Bohême, l'avoit habité) je fis usage d'un autre *Livre des Cens de l'Evêché de Paris* de l'année 1373, pareillement écrit dans le tems & sur vélin; & je me servis des Registres du Trésor des Chartes, de Guichenon & de Sauval.

Tout cela m'ayant conduit au régne de Charles VI, qui acquit cet Hôtel en 1388 pour Louis de France son frere, alors Duc de Touraine & depuis Duc d'Orléans; je rapportai en entier le Mandement même par lequel ce Roi avoit ordonné aux Officiers de la Chambre des Comptes & à ceux du Domaine, de payer les lods & ventes de cette acquisition à l'Evêque de Paris : & ce qu'il y a de singulier est que l'Auteur du nouveau *Mémoire* prétendu *Topographique de Paris*, que ce titre offusque, ne veut pas absolument que ces lods & ventes ayent été payés à M. d'Orgemont, alors Evêque de Paris, à cause de la censive de son Evêché, mais uniquement à cause de sa qualité de Président en la Chambre des Comptes; quoique par ce Mandement le Roi Charles VI dise en termes formels, en parlant de cette Maison, *laquelle est en la* CENSIVE *de notre amé & féal Conseiller & Président en notre Chambre des Comptes, l'Evêque de Paris,* A CAUSE DE SON EVÊCHÉ; *pour laquelle vendition de ladite Maison nous feussions tenus à notredit Conseiller en la somme de mille francs,* A CAUSE DES VENTES *dûes pour ladite*

MÉM. *sur la Topographie de Paris*, p. 82.

EXEMPLE du peu de bonne foi de l'*Historiographe de la Ville*.

Maiſon. J'ai cité ici cet exemple, dès le préambule de ma Réfutation, afin de mettre le Public à portée de voir la maniere dont l'Auteur du *Mémoire ſur la Topographie de Paris* détourne le ſens & même les termes des titres, pour les adapter à ſon ſyſtême; le tout ſans doute, en *ſa qualité d'HISTORIOGRAPHE DE LA VILLE, & par ſon attachement pour elle.*

Quoi qu'il en ſoit, après avoir rapporté le Mandement du Roi Charles VI de l'année 1388, je joignis encore à cela, pour continuer de faire mes placemens juſtes, un autre *Livre des Cens de l'Evêché de Paris* de l'année 1399, écrit dans le tems, ſur vélin, auſſi authentique que les deux autres, & les autorités de Sauval, du Tillet & autres, pour parvenir au tems où Louis II, Duc d'Orléans, étant parvenu à la Couronne ſous le nom de Louis XII, donna, dans l'année de ſon avénement au Trône, à Robert de Framezelles, ſon Chambellan, le reſte de ſa Maiſon de Bahaigne, dont il avoit déjà donné une grande partie aux Filles Pénitentes, dans le tems qu'il n'étoit encore que Duc d'Orléans. Je me ſervis des Statuts & Conſtitutions de ces Filles, faits en l'année 1497, où, entre pluſieurs faits très-curieux, il eſt dit qu'elles tenoient tout ce terrein *en la CENSIVE* de l'Evêque de Paris, *à cauſe de ſon Evêché.*

Etant parvenu au régne de Louis XII, & ayant eu entre mes mains ſes Lettres-Patentes du mois d'Avril 1499, confirmatives de ces deux précédentes donations; j'aurois eu tort de ne pas rapporter la clauſe de ces Lettres-Patentes, par laquelle ce Roi, en parlant du même Hôtel, dit *notre Maiſon de Bahaigne que avons à nous appartenant*, ET NON ÉTANT DU DOMAINE DE NOTRE COURONNE. Je joignis à cela l'enſaiſinement fait de la même Maiſon, le dernier Avril 1500, en faveur des mêmes Filles Pénitentes, par l'Evêque de Paris, comme étant ledit Hôtel en ſa CENSIVE; & j'accompagnai cela, tant de pluſieurs autres Titres, que de différents faits hiſtoriques qui me conduiſirent juſqu'à l'année 1575, tems où ces Religieuſes quittèrent cet emplacement, pour en laiſſer la libre jouiſſance à la Reine Catherine de Médicis, qui l'avoit acquis auparavant par la voie d'un échange.

Le récit que je fis après cela de pluſieurs faits intéreſſans qui ſe paſsèrent dans cet emplacement depuis que cette Reine ſupprima tout à fait les reſtes de la portion de la rue d'Orléans qui le diviſoit auparavant en deux parties, m'obligea encore d'avoir recours à un autre *Livre des déclarations des Cens de l'Evêché*, de l'année 1575, pour conſtater les nouvelles acquiſitions par leſquelles cette Reine l'avoit agrandi; & je prouvai encore cet agrandiſſement par l'*oppoſition* formée *au Decret des biens de Catherine de Médicis*, après ſon décès, le 19 Janvier 1595, par M. de Gondy, Evêque de Paris, pour raiſon d'arrérages de Cens & rentes qui lui étoient dûs de vingt années : de ſorte qu'il ne me reſta plus qu'à chercher la preuve de leur payement. Or je la trouvai, juſques & y compriſe l'année 1595, dans un *Compte* rendu par le nommé *Pierre Dohin*, alors Receveur des Cens & rentes de l'Evêché.

Je prouvai enſuite par d'autres regiſtres Cenſiers, par des

des contrats d'acquiſitions, par des Arrêts du Parlement, & par des actes d'enſaiſinement; non-ſeulement que cet Hôtel fut conſidérablement agrandi par des acquiſitions faites par les Comte & Comteſſe de Soiſſons, mais encore que les droits de Cenſive & de lods & ventes continuèrent d'en être payés aux Archevêques de Paris.

Les bornes dans leſquelles un Hiſtorien doit ſe renfermer, m'empêchèrent alors de parler de quelques actes qui ne tiennent point à l'Hiſtoire, mais qui me furent montrés à l'Archevêché. Le premier de ces actes eſt un Extrait du Terrier du Roi, fait en l'année 1700 par les Tréſoriers de France & Officiers du Domaine : dans lequel Terrier, dépoſé en original à la Chambre du Domaine de Paris, l'Hôtel de Soiſſons & toutes ſes dépendances ſont dites être dans la *Cenſive de l'Archevêché.* Le ſecond acte eſt une copie du Plan que les mêmes Officiers du Domaine firent mettre en tête du premier volume de ce Terrier, & dans laquelle copie (ainſi que dans l'original) la Cenſive de l'Archevêché, y compris tout l'emplacement de l'Hôtel de Soiſſons, eſt marquée en rouge, au lieu que celle du Roi y eſt marquée en bleu. L'on me dit que ces Extrait & Copie avoient été délivrés & certifiés conformes aux originaux, au feu Sieur Abbé Sallier, alors Garde de la Bibliothèque du Roi, en l'année 1754, par M. Brunet, alors Greffier du Bureau des Finances & Chambre du Domaine de Paris. Enfin je prouvai par d'autres Regiſtres de recette & par des enſaiſinemens, que les droits de Cenſive & de lods & ventes de l'emplacement de l'ancien Hôtel de Soiſſons, furent payés à feu M. le Cardinal de Noailles jusqu'en l'année 1718; tems où les contestations d'entre l'Archevêché & les Officiers du Domaine commencèrent.

Ce seul Extrait de mon Histoire de l'emplacement de l'ancien Hôtel de Soissons, seroit, je crois, plus que suffisant pour écarter la vaine critique que l'Auteur du *Mémoire* prétendu *Topographique* a essayé d'en faire. Mais cet Auteur m'a mis dans la nécessité de faire voir au Public tous ses détours, & souvent même ses absurdes méprises.

Extrait de la Dissertation de M. Terrasson *sur l'Enceinte de Paris, faite par les ordres du Roi Philippe-Auguste.*

Lorsque je vis qu'il s'élevoit une contestation entre M. l'Archevêque de Paris & les Officiers du Domaine, au sujet des prétendus fossés & remparts de l'Enceinte de Paris faite par les ordres du Roi Philippe-Auguste; un motif de curiosité m'engagea à examiner quel pouvoit être l'objet qui avoit déterminé les Officiers du Domaine à élever une pareille question : & il ne me fut pas difficile d'appercevoir que cet objet étoit d'envahir tout l'emplacement de l'ancien Hôtel de Soissons, sous prétexte de prétendus fossés & remparts qui en absorberoient la glus grande partie. Ce qui me confirma dans mon idée, fut la découverte que je fis d'un Procès-Verbal de fouilles & de visites qu'ils firent faire en leur présence en 1753; & par lequel il est prouvé qu'ils cherchèrent toujours les preuves des fossés &

remparts dans l'intérieur de l'emplacement de l'Hôtel de Soiſſons, quoique chacun ſache que des foſſés & remparts ſont ſitués en dehors des murs de clôture.

Plus cette idée des Officiers du Domaine me parut biſarre, plus je m'appliquai à l'approfondir. Mais pour y parvenir, j'examinai d'abord la queſtion de ſavoir ſi une Ville, telle que Paris, qui depuis environ 700 ans qu'elle ſubſiſtoit dans le centre du Royaume, ſans avoir jamais été fortifiée par des foſſés & remparts, eut beſoin de l'être de cette manière ſous le regne de Philippe-Auguſte, outre des murs, malgré les fortifications des Villes frontières & des Châteaux qui en défendoient l'approche ; & quoique le Royaume fût alors ſi tranquille, que le Roi emmena avec lui toutes ſes Troupes pour ſon voyage d'Outremer ; car ce voyage & le commencement de l'Enceinte de Paris dont il s'agit, ſont de la même année.

Après avoir traité ces queſtions préliminaires, j'entrai dans le fait, & j'examinai les motifs qui avoient pu engager Philippe-Auguſte à faire faire cette clôture. Or je trouvai tous ces motifs expliqués par les Hiſtoriens contemporains de ce Roi, entr'autres par Rigord, ſon Hiſtoriographe, & par Guillaume le Breton, qui vivoient dans le même tems. Ces deux Auteurs nous apprennent que Philippe-Auguſte, qui aimoit beaucoup Paris, fit clore cette Ville d'un Mur accompagné de Tourelles bien ſymmetriſées ; *Præcepit.... quod civitas Pariſii, quam Rex multùm diligebat, Muro optimo in Tornellis decenter aptatis, & Portis diligentiſſimè clauderetur:* & Rigord, parlant enſuite des terres, vignes &

héritages que ce Prince enferma dans ſa clôture, dit que ce fut afin que toute la Ville parût remplie de maiſons juſqu'aux Murs; *ut tota civitas uſquè ad Muros plena domibus videretur.* On voit que cet Hiſtorien ne parle ſimplement que d'un Mur de clôture pour la Ville de Paris : & ſon exactitude eſt ſi grande, que quand il parle enſuite des fortifications que Philippe-Auguſte fit faire dans d'autres Villes, *alias civitates*, fortereſſes & Villes frontières, *oppida & Municipia Regni*, il ne ſe ſert plus de l'expreſſion de tourelles bien arrangées, mais de Tours inexpugnables, *Muris & Turribus inexpugnabilibus munivit;* & l'on ſait que le verbe *munire* eſt employé par les Auteurs Latins pour ſignifier fortifier une Ville ou un Camp : de ſorte que quand Rigord parle de l'Enceinte de Paris faite par les ordres de Philippe-Auguſte, il emploie ſeulement ces mots, *muro optimo in tornellis decenter aptatis & portis clauderetur*, ce qui ne peut jamais ſignifier qu'un ſimple mur de clôture, accompagné de tourelles & de portes ; au lieu que quand il parle enſuite de l'Enceinte des autres Villes & forteresſes, *alias civitates, oppida & Municipia Regni*, il emploie les termes de *Turribus inexpugnabilibus munivit.* Ce paſſage de l'Hiſtoriographe & contemporain de Philippe-Auguſte, m'auroit ſeul ſuffi pour prouver que l'Enceinte de Paris faite par les ordres de ce Prince, eut principalement pour objet la décoration de cette Ville, & ne conſiſta qu'en un ſimple mur de clôture.

MÉM. *ſur la Topographie de Paris*, p. 95.

Prétendre, comme fait l'Auteur du *Mémoire Topographique*, qu'alors on fortifioit les Villes comme on a fait depuis; & en donner pour preuve une certaine forteresse du Château de Narbonne qui (selon cet Auteur) avoit six mille marches, *sex millia marcharum.* (Elévation qui auroit de beaucoup surpassé celle de la fameuse Tour de Babel;) c'est vouloir annoncer au Public qu'on n'entend pas la signification des termes de la basse latinité; c'est même montrer qu'on n'est pas fort au fait des progrès de l'art des fortifications. Mais c'est ce que je discuterai en son lieu, en faisant voir à l'Auteur qu'il a pris des monnoies de ce tems-là, pour des marches d'Escalier; & que la fortification de Paris (telle qu'il lui a plu de l'imaginer) n'étoit pas encore d'usage, ni même connue, du tems de Philippe-Auguste. Je reprends le fil de mon Extrait.

EXEMPLE des impérities de l'*Historiographe de la Ville.*

Quoique le témoignage de Rigord fût plus que suffisant pour faire voir que l'Enceinte dont il s'agit ne consista qu'en un simple Mur de clôture, mon exactitude me porta à examiner si quelqu'autre Auteur également contemporain, ou qui avoit vécu à peu près dans le même tems, ne détruiroit pas ma conséquence. Pour cet effet je consultai Guillaume le Breton, autre Auteur contemporain de Philippe-Auguste, dont il étoit même Chapelain; & je trouvai que cet Historien s'exprimoit précisément dans les mêmes termes, en parlant de cette clôture : *erecti sunt Muri in circuitu civitatis Parisiacæ.... cum Turellis & Portis decentissimè aptatis*; & rien de plus.

Guillaume de Nangis, contemporain de Saint Louis, dont il a écrit la vie, ne fait également mention que de Murs, en parlant de l'enceinte de Paris par Philippe-

Auguſte, *urbem ..... Muris fortiſſimis præcingens.*

Un Jean Boivin où Bauyn, qui vivoit en 1327, & dont le manuſcrit eſt à la Bibliothèque de St Victor, ne fait pareillement mention, en parlant de la même Enceinte, que d'un bon Mur accompagné de Créneaux & de Portes, *bono muro cum carnellis & portis.*

Si dans le tems où je faiſois ma Diſſertation ſur la même Enceinte, j'avois eu l'avantage d'être lié avec M. Bonamy, avec qui j'avois eu occaſion de m'entretenir dans quelques compagnies, & ſi je lui avois fait connoître que je travaillois ſur cette matière; il m'auroit indiqué un titre confirmatif de tout ce que je viens d'avancer. C'eſt ce qu'il me dit entr'autres choſes, dans une Lettre en date du 7 Avril 1769, qu'il m'écrivit en remerciment de ce que je lui avois envoyé un exemplaire de mes *Mêlanges d'Hiſtoire, de Litterature, &c*, imprimés dès 1768. *Si j'avois eu connoiſſance*, me dit-il, *de votre Mémoire ſur la clôture de Paris, je vous aurois indiqué des Lettres de Philippe le Long* (c'eſt Philippe V,) *en faveur d'un nommé Jean le Mire, Bourgeois, qui avoit ſa Maiſon rue du Jour, près Saint Euſtache, joignant les Murs de la Ville. Ce Roi lui accorde la permiſſion de les percer, & d'y faire une Porte pour Entrer & ſortir à Pied ou à Cheval, toutes les fois qu'il le jugeroit à propos. Mais comme la permiſſion ne porte pas qu'il fera conſtruire un pont ſur les foſſés ou qu'il les comblera, j'en conclus qu'il n'y en avoit point; & ce fait vient à l'appui de celui que vous citez des Blancs-Manteaux.* Comme depuis cette Lettre je n'eus pas occaſion de voir M. Bonamy, qui mourut même quelque tems après, je n'ai pas pu décou-

Lettre de feu M. Bonamy à M. Terraſſon.

vrir ce Titre. Peut-être l'Auteur du *Mémoire* prétendu *Topographique*, qui, après la mort de ce Savant, a sans doute soigneusement recueilli ceux d'entre ses papiers qui avoient rapport à la Ville de Paris, seroit-il en état de nous indiquer où ce Titre existe. Au surplus, comme M. Bonamy étoit aussi connu par sa probité que par son érudition, je ne révoque pas en doute la vérité du fait qu'il me marqua; & je crois pouvoir en conclure qu'une ouverture de porte par où l'on entre & l'on sort tant à pied qu'à cheval, n'avoit des fossés d'aucun côté.

Quand au fait concernant les Blancs-Manteaux dont feu M. Bonamy me parloit, je l'avois trouvé dans l'*Histoire de Paris*, par Félibien : ce sont des Lettres du Roi Philippe VI, dit de Valois, de l'an 1334, par lesquelles ce Prince avoit accordé à ces Religieux la permission de *percer le mur des clôtures de Paris*, & *d'y faire une huisserie* (porte) *par où le Peuple pût aller & venir à leur Eglise*, & pour qu'ils pussent aller plus aisément à quelques *Maisons que ils ont outre ledit mur.... leur lieu* (ou Monastère) étant *joignant audit mur*.

Félibien, *Hist. de Paris*, T. III, p. 239.

Je joignis à cela un Arrêt de la Chambre des Comptes de l'année 1403, rendu sur rapport d'Experts, qui donna à Rente aux mêmes Blancs-Manteaux une Tour & partie des anciens Murs de clôture de la Ville, comme étant leur Monastère *joignant sans aucun moyen, des anciens Murs & fermeté de la Ville de Paris*.

Idem, ibidem, p. 244.

Venant ensuite aux Historiens plus modernes, je trouvai que du Tillet, Mézerai, le Pere Daniel, le Pere Montfaucon, Sauval, & autres nos plus célèbres Historiens qui ont parlé de la clôture de Paris faite par les ordres de Philippe-Auguſte, ne faiſoient mention que d'un Mur accompagné de Tourelles d'eſpace en eſpace.

Enfin, dans un Procès-Verbal de viſite, fait en vertu d'Arrêt du Conſeil, & contradictoirement entre M. l'Archevêque de Paris & les Officiers du Domaine, en préſence de feu M. Maboul, Maître des Requêtes, le 2 Octobre 1753 & jours ſuivans; je trouvai que la *Terre* dans laquelle on avoit cherché des veſtiges des prétendus foſſés & remparts, n'avoit jamais été remuée, & étoit encore *franche & vierge*.

Dans ces circonſtances, voyant tant de fortes preuves réunies, je n'héſitai pas à en conclure ce que tout le monde en concluera; c'eſt que l'Enceinte de Paris, faite par les ordres de Philippe-Auguſte, n'avoit conſiſté qu'en un ſimple Mur de clôture, dans le circuit duquel il y avoit quelques Tourelles & quelques Portes d'eſpace en eſpace; mais qui n'avoit été accompagné ni de foſſés, ni de remparts.

Donnons à préſent une idée générale du ſyſtême de l'Auteur du *Mémoire ſur la Topographie de Paris*, tant ſur l'objet de l'emplacement de l'ancien Hôtel de Soiſſons, que ſur celui des prétendus foſſés & remparts de l'Enceinte de Paris faite par les ordres de Philippe-Auguſte.

IDÉE GÉNÉRALE

Du ſyſtême de l'Auteur du Mémoire ſur la Topographie de Paris, *& diviſion de ſon Mémoire en quatre parties.*

Le ſyſtême de l'Auteur du *Mémoire ſur la Topographie de Paris*, paroîtra ſingulier à tout le monde, même aux perſonnes les plus verſées dans notre Hiſtoire. L'Auteur commence par y ſuppoſer l'exiſtence d'une ancienne Abbaye de Saint Germain l'Auxerrois, de laquelle il ne rapporte aucuns Titres : la mention du mot latin *ABBATIA* énoncé dans une Bulle du Pape Benoît VII (& dont il ignore, ſans doute, la ſignification) étant ce qui forme tout le corps de ſes preuves ſur l'exiſtence de cette prétendue Abbaye. Il ſuppoſe enſuite à cette même prétendue Abbaye, une Juſtice ſpirituelle & temporelle, accompagnée de poſſeſſions immenſes, dont rien ne juſtifie l'étendue, ni les bornes, ni même la qualité. Il conclut de tout cela, que l'emplacement de l'ancien Hôtel de Soiſſons ayant été une uſurpation faite par les anciens Evêques de Paris ſur le territoire de cette prétendue Abbaye, les mêmes Evêques n'ont pas pu y établir une Cenſive, & leurs Succeſſeurs Evêques & Archevêques n'ont pas pu la poſſéder ; ſurtout, cet Hôtel s'étant agrandi aux dépens du terrein, chemin de ronde, murs, foſſés & remparts de l'Enceinte de Paris faite par les ordres du Roi Philippe-Auguſte. Voilà, je crois, à quoi ſe réduit tout le ſyſtême du *Mémoire Hiſtorique & Critique ſur la Topographie de Paris.*

Pour parvenir à l'établiſſement de ce ſyſtême, l'Auteur a débuté par un Avertiſſement contenant 48 pages *in*-4°, à la fin deſquelles il diviſe ſon immenſe ouvrage en quatre Parties, dont il met deux des intitulés en forme de Queſtions.

La premiere eſt conçue ainſi : *En quoi conſiſte l'ancien Domaine de l'Evêché de Paris dans la Ville & Banlieue de cette Capitale : celui de l'Abbaye de Saint Germain l'Auxerrois en a-t-il fait ou dû faire partie?*

La ſeconde eſt ainſi annoncée : *Quelle étoit la nature du Domaine de l'ancienne Abbaye de Saint Germain l'Auxerrois? A-t-il pu produire une Cenſive féodale ou inféodée?*

Enſuite l'Auteur, changeant ſon ſyſtême de *Queſtions* en celui de *Propoſitions*, entreprend de prouver dans ſa troiſieme Partie, que *l'Hôtel de Neſle, acquis par nos Rois, a été Royal & Domanial, & enſuite Fief-lige & de dignité, par ſon incorporation au Comté de Maulevrier.*

Enfin l'Auteur prétend dans ſa quatriéme Partie, que *l'Hôtel de Neſle où de Bohême, appelé depuis l'Hôtel de la Reine & de Soiſſons, s'eſt agrandi ſur le Terrein de l'Enceinte faite ſous le régne de Philippe-Auguſte, chemin de ronde, murs, foſſés & remparts.*

L'Auteur finit ſon ouvrage par citer une foule prodigieuſe de Titres émanés de l'Hôtel-de-Ville de Paris; & il diviſe ces Titres en deux claſſes, ſavoir celle des Titres généraux, & celle des Titres particuliers.

Ce qu'il y a de ſingulier, eſt qu'il ne craint point d'annoncer les Titres de ces deux claſſes, comme ayant tous rapport à *l'Enceinte de Paris par Philippe-Auguſte;* quoique l'inſpection de ces énonciations de Titres & leurs dates, ſuffiſent pour faire voir que non-ſeulement ils ne diſent rien de l'Enceinte de Philippe-Auguſte, ſur-tout quand à la partie ſeptentrionale de Paris (qui eſt celle dont il s'agit); mais encore qu'ils ont, pour la plupart, rapport à d'autres Enceintes poſtérieures. Pluſieurs même de ces Titres ſe retorqueront contre l'Auteur du Mémoire, & ſerviront à détruire une partie de ſon ſyſtême.

Mais, entrons en matière, & commençons par expoſer l'objet des propoſitions que je compte établir.

DIVISION

Des Propoſitions que M. Terraſſon *va établir, à titre de Réfutation.*

Dans la première, je prouverai que l'Egliſe de Saint Germain l'Auxerrois n'a jamais été Abbaye ni Monaſtère, mais ſimplement une Egliſe Collégiale & Paroiſſiale, qui doit ſon origine à la Cathédrale de Paris; & qu'il n'exiſte aucuns Titres propres à cette prétendue Abbaye ou Monaſtère, ni qui en ſoient émanés. Je démontrerai dans cette première Propoſition, que bien loin que les anciens Evêques de Paris ayent uſurpé la Juſtice & droits en dépendans ſur le territoire de Saint Germain l'Auxerrois; au contraire la Haute, Moyenne

& Basse Justice, dans l'étendue de ce même territoire; ont toujours appartenu jusqu'à la fin de l'année 1674, à l'Evêché de Paris, qui y a même toujours eu le siége de sa Haute, Moyenne & Basse Justice, aussi bien que le lieu de l'exécution des jugemens qui s'y rendoient: que le Contour de cette même Haute, Moyenne & Basse Justice de l'Evêché de Paris dans le même territoire, est détaillé dans l'Arrêt du Conseil d'Etat, rendu sur le *Vu* des Titres de l'Evêché de Paris, le 10 Novembre 1674, suivi de Lettres-Patentes enregistrées au Parlement le 6 Février 1675.

Dans la Seconde Proposition, je répondrai à diverses objections que l'Auteur du *Mémoire sur la Topographie de Paris* m'a faites au sujet d'une prétendue Censive de Saint Germain l'Auxerrois, dont il ne rapporte pas le moindre vestige, soit du côté du droit, soit du côté de la possession.

Dans la Troisiéme, je montrerai que la Censive des Evêques de Paris sur l'emplacement de l'ancien Hôtel de Soissons, s'est formée dans la Terre même de l'Evêque de Paris, *in Terra Episcopi Parisiensis;* que l'Hôtel de Soissons (ci-devant Hôtel de Nesle & de Bohême) n'a jamais été acquis par nos Rois, pour eux; que cet Hôtel n'a jamais été Royal, ni Domanial, ni Fief-lige incorporé; que les Evêques & Archevêques de Paris jouissent de cette Censive sur leur propre Terrein depuis près de 550 ans; que nos Rois ont plusieurs fois reconnu la même Censive, & que quelques-uns d'entreeux en ont même payé les droits.

Enfin, dans ma Quatriéme & dernière Proposition,

J'établirai que l'Enceinte de Paris faite par les ordres du Roi Philippe-Auguſte, ne conſiſta qu'en un ſimple Mur de clôture, accompagné de Tourelles & de Portes, ainſi que tous les Auteurs contemporains & autres qui ont ſuivi, le diſent formellement; & que d'ailleurs les Remparts, Chemins de rondes, Baſtions & autres ouvrages de fortifications que les Officiers du Domaine ſuppoſent en avoir fait partie, ſont des ouvrages de ce qu'on nomme la *fortification moderne*, qui ont été totalement inconnus du tems de Philippe-Auguſte, & n'ont eu lieu dans le Royaume que poſtérieurement au tems où l'on a commencé à y faire uſage de la poudre à Canon.

Telles ſont les quatre Propoſitions, que je ne ſuis pas en peine d'établir. Mais commençons par examiner le long Avertiſſement de l'Auteur du *Mémoire ſur la Topographie de Paris.*

RÉFUTATION

*De l'*Avertiſſement *du* Mémoire *prétendu* Topographique. *On explique dans cette Réfutation, les vrais principes de l'Union au Domaine du Roi.*

JE ne m'arrêterai point à diſcuter ici les cinq caractères, tels que la *preuve de la bonne foi*, & autres qui (ſelon l'Auteur du *Mémoire*) manquent à la poſſeſſion de M. l'Archevêque de Paris; attendu que ces cinq caractères étant ſans ceſſe répétés dans le cours du même

Mémoire, c'eſt en les réfutant que je me réſerve de les examiner.

Il n'y a dans cet *Avertiſſement*, qu'un ſeul article qui mérite de fixer mon attention : c'eſt celui où l'Auteur, faiſant ſemblant d'adopter les Ordonnances de nos Rois, rendues au ſujet de l'union au Domaine, défigure tellement les termes & le ſens des mêmes Ordonnances, qu'on ne les reconnoît preſque plus : » Suivant » (dit-il) les dernières Ordonnances ſur le Domaine, » ce que nos Rois ont poſſédé PENDANT DIX ANS, » ſans même l'habiter, devient Domaine Royal. Comment donc pourroit-on conteſter la Domanialité & » par conſéquent l'affranchiſſement de toute directe à » l'Hôtel de Neſle, qui a été plus de cent ans la réſidence du Roi ou des Princes & Princeſſes de ſon » ſang. »

Avertiſſement du Mém. Topographique, p. 23, vers la fin.

Mais les deux ſeules Ordonnances qui ſoient en vigueur ſur le fait de l'Union au Domaine du Roi, ont des diſpoſitions bien différentes de celles que l'Auteur du Mémoire leur prête. La première de ces Ordonnances eſt celle qui fut faite par le Roi Charles IX à Moulins, au mois de Février 1566, portant *Réglement général ſur le Domaine du Roi ;* laquelle Ordonnance fut enregiſtrée au Parlement, ſur les concluſions de M. le Procureur-Général, le 13 Mai ſuivant. L'Article II en eſt conçu en ces termes : *Le Domaine de notre Couronne eſt entendu celui qui eſt expreſſément conſacré, uni & incorporé à notre Couronne, ou qui a été tenu & adminiſtré par nos Receveurs & Officiers, par l'eſpace de* DIX ANS, *& eſt entré en ligne de compte.* Telle eſt la loi qui

Ord. recueillies par Néron & Girard, édition de 1710, Tom. I. p. 449.

a toujours été observée depuis : elle distingue les deux sortes d'Unions, l'une qui s'opere par une incorporation expresse que le Roi peut faire lors de son avénement au Trône; l'autre qui ne se fait tacitement que quand les Receveurs & Officiers du Roi ont administré & fait entrer en ligne de compte pendant dix années, les biens particuliers dont le Prince devenu Roi n'avoit pas expressément prononcé l'incorporation. Or, comment l'Auteur du *Mémoire* prétendu *Topographique*, & tous autres, viendroient-ils à bout de prouver que l'emplacement de l'ancien Hôtel de Soissons, ci-devant nommé Hôtel de Nesle, ait jamais été administré par les Receveurs & Officiers du Domaine du Roi, & soit jamais entré en ligne de compte? Par conséquent la seule régle des dix ans, portée par l'Article II de l'Ordonnance de 1566, est plus que suffisante pour écarter toutes prétentions contraires.

Edit du mois d'Avril 1667 concernant *la réunion au Domaine.*

Mais cette Ordonnance a d'ailleurs acquis une nouvelle force, par le renouvellement que le Roi Louis XIV jugea à propos d'en faire par un Edit du mois d'Avril 1667, pareillement enregistré au Parlement, sur les conclusions de M. le Procureur-Général, le 20 du même mois, concernant *la Réunion au Domaine.* Par cet Edit, Louis XIV, voulant *établir par une Déclaration expresse les différentes qualités de son Domaine* & *régler la forme de la réunion suivant les Maximes prescrites par les Ordonnances*, déclare que *le Domaine de sa Couronne est entendu celui qui est expressément consacré, uni & incorporé à sa dite Couronne, ou qui a été tenu & administré par ses Receveurs & Officiers par l'espace de* DIX

ANNÉES, & eſt entré en ligne de compte : & qu'*à cet effet la preuve de ladite qualité deſdits Domaines*, pour voir s'ils ſont dans le cas d'être réunis, *pourra être faite par des Extraits d'Edits, d'Arrêts, Déclarations, Réglemens, Comptes & Regiſtres de la Chambre des Comptes, Papiers Terriers, Fois, Hommages, Aveux, Dénombremens, Baux à fermes, Partages & autres Actes concernants les Domaines, qui ſeront tirés des Greffes des Parlemens, Chambres des Comptes, Bailliages & Sénéchauſſées, Bureaux des Tréſoriers de France, du Tréſor & autres.*

Telles ſont les Loix qui s'obſervent, ainſi que l'Auteur du *Mémoire* prétendu *Topographique* en convient. Mais ce n'étoit pas la peine qu'il affectât d'en détourner les diſpoſitions & le ſens, pour les adapter à ſon ſyſtême; & l'on doit aſſez reſpecter les Loix du Souverain pour ne jamais les altérer, lorſqu'on les cite. Au ſurplus, ce n'eſt pas la ſeule occaſion que nous aurons de faire un pareil reproche à l'Auteur de ce *Mémoire*. La diſcuſſion dans laquelle nous allons entrer, ſur ce qui eſt contenu dans les quatre parties de ſon ouvrage, nous en adminiſtrera plus d'une preuve.

RÉPONSE

REPONSE

A la première Partie du Mémoire *prétendu* Topographique.

L'Historiographe de la Ville examine dans sa première Partie, *En quoi consiste l'ancien Domaine de l'Evêché de Paris dans la Ville & Banlieue de cette Capitale; & si celui de Saint Germain l'Auxerrois en a fait ou dû faire partie.*

COMME la prétendue Abbaye de Saint Germain l'Auxerrois, est le Fantôme qui porte tout l'édifice du *Mémoire* prétendu *Topographique;* dissipons ce Fantôme, & l'édifice sera bientôt écroulé.

Or, il n'y a jamais eu ni Abbaye, ni Monastère de Saint Germain l'Auxerrois. C'est ce que l'Abbé le Beuf établit en peu de mots dans son *Histoire de la Ville & du Diocèse de Paris*, où, après avoir fait voir que Landebert n'étoit point Abbé, mais simplement le premier d'entre les Prêtres, Diacres & autres Ecclésiastiques desservans cette Eglise qui n'est jamais nommée que *Basilique*, il dit qu'*il y auroit dequoi composer un Traité pour montrer que les termes MONASTERIUM & ABBATIA ont été employés indifféremment pour désigner des Eglises séculieres:* & il se contente d'en citer pour exemple *l'Eglise Cathédrale d'Arras* qui est appelée *MONASTERIUM* dans la Chronique *de Cambrai.*

Hist. de la Ville & du Dioc. de Paris, T. I. p. 37 & suiv.

Idem, p. 51.

Mais, sans qu'il fut besoin que ce célèbre Académicien fit un Traité sur cela; Ducange dans son *Glossaire*, & Moréri dans son *Dictionnaire*, avoient fait des recherches plus qu'il n'en faut pour prouver ce que j'avance. Ducange, sur le mot *ABBATIA*, l'explique ainsi : *Ecclesia Parochialis, maximè illa quæ CURATUM habebat primitivum, qui non semel vocatur Abbas in veteribus instrumentis*: de sorte qu'une Eglise Paroissiale, sur-tout celle qui avoit un Curé Primitif, étoit nommée ABBAYE. Le titre d'ABBÉ s'appliquoit également aux simples Curés, *ABBAS, idem valet ac CURIO, Presbiter Ecclesiæ*. Le nom d'ABBÉ se donnoit même (comme il se donne quelquefois encore) au premier de ceux qui sont préposés à l'administration d'une Confrérie; & Ducange en cite pour exemple la Confrérie érigée dans la Chapelle de Saint Yves, rue Saint Jacques à Paris; *ABBAS Confratriæ Sancti Yvonis, primus inter Præpositos fraternitatis seu societatis erectæ in Capella Sancti Yvonis, Parisiis, viâ Jacobeâ*. A l'égard du mot *Monasterium*, à la faveur duquel l'Auteur du *Mémoire* prétendu *Topographique* voudroit faire de l'Eglise de Saint Germain l'Auxerrois un Monastère célèbre, à la tête duquel étoit un Abbé possédant une riche Abbaye; le mot *Monasterium* ne signifioit ordinairement qu'une Cellule ou Hermitage habité par un seul Moine, *MONASTERIA dicuntur CELLÆ in quibus unicus degit Monachus*, dit Ducange : & cet Auteur, en nous apprenant que le même mot *Monasterium* se prend aussi souvent pour désigner une Eglise Cathédrale, cite, entr'autres, l'exemple de la Cathédrale d'Arras

Ducange, *Gloss.* T. I, aux mots *Abbatia* & *Abbas*.

Moréri, Dict. aux mots *Abbé* & *Abbaye*. Edit. de 1759.

Ducange, T. IV, au mot *Monasterium*.

& de celle de Cambrai; *MONASTERIUM ſæpè ſumitur pro Eccleſia Cathedrali..... Ità Eccleſias Cathedrales Atrebatenſem & Cameracencem, MONASTERII nomine donat Baldricus.* Ducange & Moréri donnent encore aux termes *ABBATIA* & *MONASTERIUM* d'autres ſignifications très-curieuſes, mais peu importantes pour notre objet.

Dans ces circonſtances, tout ce que je puis faire en faveur de l'Auteur du *Mémoire* prétendu *Topographique*, eſt de dire que l'Egliſe de Saint Germain l'Auxerrois étoit une Paroiſſe dans laquelle il y avoit un Chapitre; aucuns Titres (tels qu'ils ſoient) n'étant jamais émanés de cette prétendue Abbaye ni de ce prétendu Monaſtère. Auſſi l'Abbé le Beuf, qui avoit eu en communication tous les Titres des Cathédrales, Collégiales, Paroiſſes, Chapelles & autres Bénéfices du Diocèſe de Paris, s'eſt bien donné de garde de nous annoncer Saint Germain l'Auxerrois comme une Abbaye & un Monaſtère. Il nous définit cette Egliſe ce qu'elle étoit: *Saint Germain l'Auxerrois* (dit-il) *eſt la plus ancienne Egliſe Canoniale & Paroiſſiale de Paris, qui doive ſon origine à la Cathédrale.*

L'Abbé le Beuf, *Hiſt. de la Ville & du Dioc. de Paris*, T. I. ch. 2, p. 36.

Cette Egliſe Canoniale a toujours été ſubordonnée à la Cathédrale, à laquelle elle eſt aujourd'hui réunie; & cette Cathédrale eſt ſi ancienne, qu'on peut à peine trouver des veſtiges de ſes premiers commencemens.

L'Auteur du *Mémoire* prétendu *Topographique*, ſe trompe, lorſqu'afin de renfermer les Poſſeſſions des Evêques de Paris dans l'Iſle Notre-Dame, il voudroit nous perſuader que, même ſous la ſeconde Race de nos

Rois, Paris étoit encore renfermé dans cette Isle, comme il l'étoit lorsque Clovis choisit cette Ville pour être la Capitale de ses Etats & le lieu de sa résidence ordinaire. L'Histoire nous apprend au contraire, que Clovis agrandit considérablement cette Capitale hors de l'Isle pendant la durée de son regne. Ce Roi & la Reine Clotilde sa femme qui y demeuroient, habitoient le Palais des Thermes (aujourd'hui l'Hôtel de Clugny) en l'année 508, lorsqu'ils fondèrent au haut de la montagne l'Eglise de Saint Pierre & Saint Paul, qu'on nomme aujourd'hui Sainte Geneviéve, & un Palais dans l'endroit où est à présent la Maison Abbatiale. Plus loin étoit une Chapelle plus ancienne sous l'invocation de Saint Clément; & où Saint Marcel, Evêque de Paris, ayant été inhumé, on bâtit sous son invocation une Eglise, aux environs de laquelle se forma un Bourg très-considérable, qui depuis ce tems-là est resté l'un des Fauxbourgs de Paris. En revenant sur ses pas & vers la riviere, on rencontroit une Basilique où Saint Séverin eut Saint Cloud pour Disciple en l'année 550, à l'endroit où est aujourd'hui l'Eglise Paroissiale de ce nom : la Basilique de Saint Julien le Pauvre, est à peu près du même tems.

Piganiol de la Force, *Descr. de Paris*, T. I, pag. 11 & suiv.

Childebert & Ultrogothe sa femme, eurent aussi pour habitation le Palais des Thermes : & ce même Prince fonda & fit bâtir l'Eglise de Saint Vincent, aujourd'hui nommée Saint Germain des Prés, où il se forma un Fauxbourg nommé depuis le Fauxbourg Saint Germain. Le même Roi fit bâtir au-delà de la riviere, au Nord, une autre Eglise sous l'invocation du même Saint

Vincent, nommée depuis Saint Germain l'Auxerrois, au-tour de laquelle il ſe forma auſſi-tôt un Bourg, & enſuite un autre qu'on nomma le nouveau Bourg, & qui s'étendoit juſqu'aux deux Chapelles ſuccurſales de Saint Germain l'Auxerrois, à la place deſquelles on a élevé les Egliſes Paroiſſiales de Saint Euſtache & Saint Sauveur. Un peu plus loin, à l'Occident, ſe formoit la Ville-l'Evêque; & il y avoit encore le beau Bourg auprès du Temple, le Bourg Saint Eloy & autres : de ſorte que ſous la première Race de nos Rois, les Fauxbourgs de Paris s'accrûrent ſi conſidérablement, que dès-lors ils auroient pu former une Ville preſqu'auſſi conſidérable que celle à laquelle on venoit de les joindre.

Alors (dit l'Abbé le Beuf) *l'Egliſe de Paris poſſédoit* dès le ſixieme ſiecle *des fonds conſidérables de terre, non-ſeulement autour de la Ville, dans la plaine, entre le Grand Pont* (c'eſt le Pont aux Changes) *& Clichy, mais encore dans le Diocèſe de Sens. Celle qu'elle avoit dans la Provence étoit pour la fourniture de l'Huile des Lampes. On lit auſſi qu'en Touraine étoit pareillement une Terre de l'Egliſe de Paris, ſuivant que l'atteſte Grégoire, Evêque de Tours.* L'Abbé le Beuf, *Hiſt. du Dioc. de Paris*, T. I, p. 7.

A l'égard de l'Evêque de Paris, il avoit la Haute, Moyenne & Baſſe Juſtice, & les droits en dépendans, dans toutes ſes poſſeſſions & Seigneuries, leſquelles conſiſtoient dans toute la Cité & dans les Bourgs Saint Germain l'Auxerrois, Saint Eloy, Saint Marcel & autres. Le Clos Bruneau & la Culture l'Evêque y étoient compris. On ne voit pas ſur quel fondement

Mém. *Historiq. & Topographiq.* p. 7.

l'Auteur du *Mémoire* prétendu *Topographique* entreprend de prouver que l'*Evêque de Paris n'avoit dans la Ville & Banlieue, ni Domaine, ni fief où il eût la plénitude de Haute Justice*; car par une Sentence arbitrale de l'année 1229, rapportée par Dubois dans son Histoire de l'Eglise de Paris, il est prouvé qu'à cela près d'une espèce de Jurisdiction que l'Archidiacre avoit sur les Clercs de Saint Germain l'Auxerrois, tout le surplus de la plénitude de la Justice appartenoit à l'Evêque de Paris, tant sur le Doyen que sur les autres Chanoines, même les causes criminelles : *Omnem autem aliam Jurisdictionem habebit Episcopus Parisiensis & plenam in Decanum & Capitulum & Canonicos, & Causas Criminales & Clericos jam dictæ Ecclesiæ, & alia omnia habebit quæ ex istis sequuntur . . . sic Ordinamus, Sententiamus, Dicimus & Volumus, quod Decanus & Capitulum habeant simplicem justitiam in Hospites suos & intrà Domum : Episcopus autem habeat alteram justitiam & omnem aliam jurisdictionem & plenam . . . . . . Decanus & Capitulum habeant simplicem justitiam tantùm in Terra antiqua Sancti Germani, & non in Terra Nicolai Borel, & in Terra quæ dicitur Claustrum Sancti Germani, ALTA justitiâ totaliter & omni Viariâ in Terra illa antiqua, & Claustro, Episcopo reservatis.*

Dubois, *Histor. Ecclesiæ Parisiensis*, T. II. p. 316.

L'exercice de la Justice de l'Evêque de Paris jusques dans le territoire de Saint Germain l'Auxerrois, est même une chose si véritable, qu'il est certain que le For l'Evêque, c'est-à-dire la Cour contentieuse de l'Evêque ou le Siége de sa Jurisdiction, étoit sur le même territoire, à cause de la Seigneurie générale qu'il eut primitivement ſur ce territoire : ce n'étoit ni un Fort, ni un Four, comme quelques-uns l'ont cru, mais un lieu à Plaider, *Forum Epiſcopi.* Le Rouleau, dit l'Abbé le Beuf, des Charges du Prevôt de l'Evêque, écrit il y a environ 350 ans, porte cet article : ITEM, LE PREVÔT DUDIT EVÊQUE DOIT DEMEURER EN SON CHASTEL DU FOUR L'EVÊQUE OU AILLEURS AU DEDANS DE SA TERRE, ET AUSSI IL Y DOIT DEMEURER LES CLERS DE SA BAILLÉE ET TOUS SES SERGENS.

L'Abbé le Beuf, *idem*, T. I. p. 60.

Il n'y a pas juſqu'au lieu de l'exécution de la Haute Juſtice de l'Evêque, qui étoit ſitué dans le territoire de St Germain l'Auxerrois ; c'eſt ce qu'on nomme aujourd'hui la Place de la *Croix du Tiroir.* Vers l'an 1400, c'étoit la ſeule Place où l'Evêque pût faire faire Juſtice. *J'ai vu* (dit l'Abbé le Beuf) *un Rouleau de ce tems-là, contenant les pouvoirs de ſon Prevôt & de ſon Bailli ; & à l'article de ce Prevôt j'y ai lu ce qui ſuit :* ITEM, LEDIT PREVÔT A CONNOISSANCE DE PENDRE ET ARDOIR HORS LA BANLIEUE DE PARIS, ET FAIRE COUPER OREILLES A PARIS A LA CROIX DU TIROUER ; ET DOIVENT ÊTRE FAITS TELS JUGEMENS PAR LE CONSEIL DES BOURGEOIS DUDIT EVÊQUE, A CE PRÉSENT ET APPELÉ SON PROCUREUR.

Idem, ibidem.

Cette Juſtice Haute, Moyenne & Baſſe, qui ſe rendoit & s'exécutoit au nom de l'Evêque dans les Poſſeſſions du Chapitre Saint Germain l'Auxerrois, avoit une étendue fort conſidérable qui nous eſt indiquée par un Arrêt du Conſeil d'Etat du 10 Novembre 1674, ſuivi de Lettres-Patentes données à Saint Germain-en-Laye le 21 Janvier 1675, & enregiſtrées au

Parlement le 6 Février ſuivant ; leſquelles Lettres-Patentes & Arrêt du Conſeil furent rendus le Roi y étant, non-ſeulement ſur l'état qui fut fourni de l'étendue de cette Juſtice, mais encore ſur *les Pieces Juſtificatives d'icelui.* Or par toutes ces Pieces il fut prouvé que la Juſtice *du For l'Evêque prenoit depuis la Maiſon où s'exerçoit ladite Juſtice & les Priſons ſur le Quai de la Mégiſſerie, venant à main gauche juſqu'au coin de la Vallée de Miſere, paſſant par la petite ſonnerie & la rue Saint Germain pour gagner le coin de la rue Saint Denis juſqu'à la Porte, & delà à main gauche dans la rue de Cléri juſqu'au coin de la rue Montmartre, s'étendant juſqu'à la Porte, & tournant à gauche de ladite rue de Cléri tout le long de ladite rue de l'autre côté juſqu'à la Porte & tout le long des Egoûts juſqu'à la Chauſſée de la riviere qui ſe fait vers Chaillot; & en remontant le long de la riviere juſqu'au dit lieu du For l'Evêque; enſemble ſur toutes les Maiſons & Rues qui ſe rencontrent dans l'Enceinte deſdites limites.* Il n'y avoit que les anciennes Halles qui n'y étoient pas compriſes, depuis qu'elles avoient été cédées au Roi Philippe-Auguſte par la Tranſaction paſſée entre ce Roi & l'Evêque de Paris en l'année 1222.

L'Auteur du *Mémoire* prétendu *Topographique* convient qu'il a vu cet Arrêt du Conſeil d'État du 10 Novembre 1674. Mais, l'ayant vu, comment a-t-il pu avancer en pluſieurs endroits de ſon Ouvrage (contre la preuve qu'il avoit ſous les yeux) que *l'Evêque de Paris n'avoit dans la Ville & Banlieue, ni Domaine, ni Fief où il eût la plénitude de Haute Juſtice;* Le même Arrêt du Conſeil

MÉM. *Hiſtoriq.* Part. I. p. 7.

Conſeil prouvant au contraire que les Poſſeſſions de l'Egliſe de St Germain l'Auxerrois, cette Egliſe même, ſon Cloître, & les Habitans de la Paroiſſe, étoient dans la Haute, Moyenne & Baſſe Juſtice de l'Evêché. Voilà donc toute la prétendue Abbaye, le prétendu Monaſ-ſtère & la prétendue Seigneurie de St Germain l'Auxerrois, totalement renverſées : à moins que (pour conſoler de cet écroulement l'Auteur du *Mémoire* prétendu *Topographique*) nous n'ajoutions encore que tout l'Emplacement ſur lequel a été conſtruit le *Louvre* attenant Saint Germain l'Auxerrois, & l'*Ecole* qui a donné ſon nom au Quai ainſi nommé, étoient auſſi dans la Cenſive de l'Evêque de Paris. *La Tour*, dit l'Abbé le Beuf, *bâtie par Philippe-Auguſte dans le lieu de cette Paroiſſe, appelé* LOUVRE, *qui étoit un* DÉTACHEMENT DU FONDS DE L'EVÊCHÉ, *cédé autrefois au Chapitre de Saint Denis de la Chartre; cette Tour, accompagnée peu de tems après d'un Château bâti* SUR LE TERREIN DE L'EVÊQUE, *devint par la ſuite un Palais de nos Rois.* A l'égard du *Terroir de l'Ecole*, dit le même Auteur, *ce Terroir étant devenu néceſſaire pour les dépots de la Navigation, & l'Univerſité s'étant formée ſur la Montagne, il ne reſta plus que le ſimple nom de l'Ecole. Ainſi, en 1268 on diſoit* PLATEA SITA AD SCHOLAM SANCTI GERMANI ANTISS. *Cette Place étoit mouvante de l'Evêque.* L'Auteur cite en preuve le Cartulaire de l'Evêché de Paris, qui eſt à la Bibliothèque du Roi, *folio* 117 & 125.

Idem, ibidem, p. 49.

Pour ce qui eſt des diminutions qui furent faites au Territoire de Saint Germain l'Auxerrois; pourquoi l'Hiſtoriographe de la Ville affecte-t-il continuellement de les attribuer aux uſurpations faites (ſelon lui) par les Evêques de Paris, puiſque les cauſes de ces diminutions ſont connues? *A enviſager*, dit l'Abbé le Beuf, *en général le Territoire de cette Paroiſſe, tant comme il étoit primitivement, que comme il a été réduit; il ſe trouve qu'il a ſervi à l'érection de* QUATRE COLLÊGIALES, NEUF PAROISSES, ET PLUSIEURS HÔPITAUX. Ainſi il n'eſt pas étonnant qu'un Territoire ſe trouve conſidérablement réduit par de pareilles diminutions.

Idem eodem. p. 56.

La ſeule choſe à laquelle l'Auteur du *Mémoire* prétendu *Topographique* ait daigné faire attention dans l'Arrêt du Conſeil de l'année 1674, eſt la mention qui y eſt faite que les Evêques de Paris avoient été *anciennement Vicomtes* de cette Ville pour un Tiers, en conſéquence d'un Pariage donné à un Fils de France. L'Auteur prétend que cela ne peut pas être, parceque Sauval & autres Auteurs n'en ont point parlé. Mais d'abord, qu'eſt-ce que cela fait à la conteſtation d'entre M. l'Archevêque & les Officiers du Domaine de Paris? D'ailleurs, quel droit peut avoir l'Hiſtoriographe de la Ville de ſouhaiter qu'on lui donne la preuve de ce fait? M. l'Archevêque de Paris, & moi-même dans mon *Hiſtoire de l'Emplacement de l'ancien Hôtel de Soiſſons*, nous ſommes-nous prévalus de cette circonſtance pour en tirer un moyen contre les Officiers du Domaine ou contre tous autres? Non, nous n'en avons point parlé, parceque cette circonſtance étoit indifférente, tant pour la Cenſive de M. l'Archevêque, que pour mon *Hiſtoire*. Mais puiſque l'Auteur du *Mémoire* a jugé à propos de m'agacer ſur cela; je lui répondrai d'une manière à lui impoſer ſilence, & je lui oppoſerai ſeulement, quant à préſent, les termes du *Vu* de l'Arrêt du Conſeil du 10 Novembre 1674, où il eſt dit : *Par lequel Etat & les Pièces Juſtificatives d'icelui, il paroît que l'Archevêque de Paris étoit anciennement* VICOMTE DE LADITE VILLE *pour un tiers en pariage avec le Roi, en conſéquence d'un partage donné à un fils de France.*

Laiſſons enſuite l'Auteur du *Mémoire* diſſerter tout à ſon aiſe ſur les torts qu'il prétend que Charles Martel & autres firent aux Gens d'Égliſe, en s'emparant de leurs Biens & de leurs Bénéfices pour les donner à des Laïques. Outre qu'il ne nous convient pas de raiſonner ſur les motifs qui peut-être occaſionnèrent cette révolution, qui eſt très-étrangère à la matière que nous traitons; on voit d'ailleurs clairement que tout cela n'eſt dit que pour en venir à Louis le Débonnaire qui, en l'année 820, donna à l'Evêque de Paris un Diplôme de confirmation des Biens de ſon Evêché. L'Auteur du *Mémoire* prétendu *Topographique*, peu verſé, à ce qu'il paroît, dans la Chronologie, auroit pu ſe diſpenſer de préparer à ce Diplôme, par des exemples bien poſtérieurs à Louis le Débonnaire. Il auroit pu auſſi s'exempter de dire que cet Empereur *avoit dans ſa Main l'Abbaye de Saint Germain l'Auxerrois, ou comme réunie au Domaine, ou par droit de Régale.* Premièrement, rien ne prouve que Louis le Débonnaire ait été Titulaire ou Propriétaire de cette prétendue Abbaye : Secondement, les Réunions au Domaine n'étoient guères connues ſous la ſeconde Race de nos Rois : Troi-

MÉM. *Hiſtoriq.* p. 21.

ſièmement, on ne connoît guères d'exemples de l'exercice de la Régale avant la troiſième Race.

Mais d'ailleurs, à propos dequoi cet Auteur fait-il une grande Diſſertation ſur ce Diplôme? M. l'Archevêque de Paris a-t-il entrepris d'en tirer avantage dans ſon procès contre le Domaine & la Ville? Et moi, m'en ſuis-je ſervi pour preuve dans mon Hiſtoire de l'Emplacement de l'Hôtel de Soiſſons? L'Auteur du *Mémoire* prétend-il même en faire uſage pour appuyer ſon ſyſtême? Non, rien de tout cela : perſonne ne lui a oppoſé ce Titre, & lui-même ne s'en ſert qu'en le ſuppoſant altéré. Mais qui eſt-ce qui prouvera l'altération d'un Titre dont on n'a point l'original, & dont il n'y a que des copies manuſcrites dans différens Paſtoraux ou Cartulaires, leſquelles copies ſont poſtérieures de pluſieurs ſiècles à la date qu'on lui donne, & des imprimés tant dans Baluze *in append. ad Capitul.* col. 1418, que dans le Tome VI du *Recueil des Hiſtoriens de France*, pag. 524, n°. 102? On ne voit pas que tous ces Auteurs qui (ſans faire tort à celui du *Mémoire* prétendu *Topographique*) en ſavoient plus que lui en fait de Diplômatique, diſent qu'on y ait fait les additions dont l'Auteur du même Mémoire ſe plaint. L'Abbé le Beuf qui (comme tout le monde ſait) étoit bon connoiſſeur en Titres, donne l'extrait de celui-ci, y compriſes les prétendues additions, ſans ſuſpecter en rien ce Diplôme. Il n'y a que l'Auteur du *Mémoire* prétendu *Topographique* qui s'élève contre ce Titre, par la ſeule raiſon que quelques endroits de ce Diplôme contribuent à faire voir que la Juſtice des Evêques de

Paris s'étendoit sur le Territoire de Saint Germain l'Auxerrois. Mais cet Auteur s'imagine-t-il que quelqu'un se prêtant à sa manie au sujet de cette prétendue Abbaye, se donnera la peine d'entrer en discussion avec lui au sujet de ce Titre? Pour moi, je déclare que si je n'en ai point parlé dans mon *Histoire de l'Hôtel de Soissons*, c'est parce que je ne l'ai pas regardé comme nécessaire à mon objet qui ne consistoit qu'à donner l'Histoire de cet Emplacement, à commencer depuis la première Maison qui y avoit été bâtie. Je n'ai pas non-plus remarqué que M. l'Archevêque de Paris ait employé ce Titre dans ses Ecritures & Mémoires. Ainsi je me réduirai, quant à présent, à rapporter l'Extrait de ce Diplôme, tel que l'Abbé le Beuf le donne. *Un troisième Titre*, dit-il, *touchant Saint Germain, qui en rappelle de plus anciens que nous n'avons plus, est le Diplôme de Louis le Débonnaire de l'an 820, où sont cités ceux de Pepin & Charlemagne : par ce Titre on voit qu'encore alors le Territoire de cette Eglise que les Rois exemptoient de Droits Royaux pour laisser le tout à la disposition de l'Evêque, s'étendoit du Levant au Couchant depuis Saint Merry jusqu'à la Tudelle qui étoit un Champ situé aux environs de ce qu'on a appelé depuis la Ville-l'Evêque & la Grange-Batelière, dans lequel se faisoient quelques Exercices Militaires d'où il tiroit son nom de Tudelle: ensorte que la principale rue de Saint Germain, & toutes les petites qui conduisoient à l'Eglise, comprises dans cet espace, ne devoient reconnoître que l'Envoyé de l'Evêque, MISSUM EPISCOPI.*

Hist. du Dioc. de Paris, T. I, p. 39.

Voyez mes Réflexions sur ce Diplôme, qui sont ensuite de ma *Réfutation.*

Cet Historien, qui avoit eu en communication tous

les Titres tant de l'Archevêché & du Chapitre de Paris, que ceux de St Germain l'Auxerrois, auſſi bien que des autres Collégiales & des Paroiſſes de la même Ville, ne dit pas un mot qui faſſe ſuſpecter ce Diplôme. Mais ce qu'il y a de ſingulier, eſt que l'Hiſtoriographe de la Ville, après avoir critiqué pendant long-temps ce même Diplôme, vient enfin à l'adopter, & même a en tirer des conſéquences contre les Evêques & Archevêques de Paris. *Comme l'objet*, dit-il, *du Diplôme* de Louis le Débonnaire, *n'étoit que de confirmer l'Egliſe de Paris dans la Poſſeſſion des Biens de ſon ancienne Dotation & fondation; nous ſoutenons que ce qui s'y trouve concernant l'Abbaye de Saint Germain l'Auxerrois, eſt l'effet d'une altération ou interpollation de ce Titre; & qu'*EN TOUT CAS, *il n'auroit transféré à l'Evêque de Paris que la Garde des Droits & des fruits de cette Abbaye pendant la Régale.*

Mém. *Hiſtoriq.* p. 21.

Mais j'aime bien cette façon de s'exprimer, EN TOUT CAS, en ce qu'elle nous annonce clairement que l'Hiſtoriographe de la Ville, renonçant à critiquer ce Diplôme, prend enfin le parti de ſe réduire à prétendre que ce Titre n'avoit donné aux Evêques de Paris que la Garde des Biens de Saint Germain l'Auxerrois *pendant la Régale :* d'où il s'enſuivroit déjà que la Régale n'ayant pas toujours duré, la prétendue Garde auroit ceſſé avec elle : c'eſt ce qui ſe développera à la fin de ma *Réponſe* à la première Partie du *Mémoire* prétendu *Topographique*. Mais, en quel endroit du Diplôme cet Hiſtoriographe a-t-il trouvé que la ſeule Garde des Biens de Saint Germain l'Auxerrois ait été donnée à l'Evêque de Paris? J'ai lu tout le Diplôme, & je n'y ai trouvé autre chose, sinon que l'Empereur Louis le Débonnaire, en continuant d'exempter les Terres de Saint Germain l'Auxerrois & de Notre-Dame, de l'Inspection de tous Juges, *sinè aliqua Judiciaria Potestate*, réserve à une Assemblée d'Etats, ou à lui-même, cette Inspection, comme sur le sautres Eglises, *sicut lex Ecclesiarum præcipit.* Mais je ne vois pas que cela signifie que l'Evêque de Paris avoit la Garde des Biens de Saint Germain l'Auxerrois. D'ailleurs cet Evêque n'avoit rien dans les Biens de Saint Germain l'Auxerrois, mais seulement la Haute, Moyenne & Basse Justice qui lui appartenoit, & qu'il faisoit exercer dans tout le Territoire de cette Paroisse, ainsi que je l'ai montré plus haut, & que j'acheverai de le démontrer à la fin de cette première Partie.

Au surplus, je ne sçai pas où l'Historiographe de la Ville a pris que Louis le Débonnaire n'eut d'autre objet que celui de confirmer l'Eglise de Paris dans son ancienne fondation. Cet Empereur eut encore un objet plus étendu, qui fut d'accorder plusieurs autres nouveaux Droits à cette Eglise; & l'un & l'autre objet sont bien distingués dans le Diplôme : car lorsqu'il veut seulement confirmer les Biens & Droits de l'ancienne fondation de l'Eglise de Paris, il se sert de ces termes *Confirmavimus & Roboravimus;* au lieu que quand il accorde de nouveaux Droits à l'Evêque de Paris & à ses Successeurs, il emploie ces expressions, *Insuper etiam Concessimus........ Præcipimus atque jubemus;* parmi lesquels nouveaux Droits, étoit entre autres celui qui consistoit en ce que les Habitans de la principale rue de Saint Germain l'Auxerrois & de toutes les petites rues qui conduisoient à l'Eglise, comprises dans cet espace, ne devoient reconnoître que l'Envoyé de l'Evêque, *Missum Episcopi.*

Mais comme l'Historiographe de la Ville m'oppose ensuite la Transaction passée en l'année 1222 entre le Roi Philippe-Auguste & Guillaume de Seignelay, Evêque de Paris; voyons quel est l'usage qu'il prétend faire de ce Titre.

Mém. *Historiq.* p. 40.

Je ne sçai pas d'abord où il a pris que *ce sont les Titres insérés dans le Cartulaire de l'Evêché, qui ont induit en erreur le Roi Philippe-Auguste, lorsqu'en l'année 1222 il a traité avec l'Evêque & le Chapitre sur Champeaux & sur d'autres terreins dépendans de l'Abbaye de St Germain l'Auxerrois.* Premièrement, cet Auteur s'imagine-t-il que le Roi Philippe-Auguste aura réglé ses droits & ses prétentions, sur les Cartulaires de l'Evêché de Paris? Secondement, quelle preuve le même Auteur a-t-il que le Terroir de Champeaux ait jamais appartenu à l'Eglise de Saint Germain l'Auxerrois? Troisièmement, si le Roi Philippe-Auguste avoit transigé avec l'Evêque, de ce qui n'auroit pas appartenu à son Evêché; le Chapitre de Saint Germain l'Auxerrois n'étoit-il pas à portée de communiquer ses Titres, s'il en avoit eu, pour faire voir que c'étoit avec lui, & non avec l'Evêque de Paris, que le Roi devoit traiter? Ce sont donc là des fables que l'Auteur du *Mémoire* nous débite : mais, il ne pense pas qu'en voulant tout attribuer à Saint Germain l'Auxerrois, il fait en quelque manière participer le Roi Philippe-

Philippe-Auguſte & ſes Prédéceſſeurs, aux Uſurpations qu'il prétend avoir été faites ſur cette Egliſe. Mettons donc de côté toutes ces vaines prétentions; & parlons de la Tranſaction de 1222 dont cet Auteur, s'il ſavoit s'aſſujettir à l'ordre chronologique, auroit du parler plutôt.

Par cette Tranſaction, le Roi Philippe-Auguſte commence par confirmer les Evêques de Paris dans la poſſeſſion où ils étoient d'avoir dans l'étendue de leur Maiſon Epiſcopale, un Ouvrier privilégié de chacun des Métiers qui étoient pour l'uſage de l'Evêque, *gaudentes libertate quam Miniſteriales Epiſcoporum Pariſienſium hactenus habuerunt.* Enſuite le Roi ſe réſerve la Juſtice du Rapt & du Meurtre dans le Bourg de Saint Germain, dans la Culture-l'Evêque & dans le Clos Bruneau, *in Burgo Sancti Germani & Cultura-Epiſcopi, & in Clauſo Brunelli;* excepté dans le cas où le Raviſſeur ou le Meurtrier ne ſeront pas pris ſur le fait, ou ne confeſſeront pas le crime, & que quelqu'un veuille les convaincre, par le Duel, du Meurtre & du Rapt; auquel cas le Duel ſera porté en la Cour de l'Evêque : *Quod ſi Raptores vel Multrarii capti non fuerint ad præſens foris-factum, vel ſpontè confeſſi, & aliquis per Duellum velit eos ſuper Multro, vel Raptu convincere; Duellum erit in Curia Epiſcopi, ſi non fuerint capti ad præſens foris-factum, vel ſpontè confeſſi.* Or ce n'eſt pas-là ôter à l'Evêque la Juſtice que ſes Officiers exerçoient dans le Fort-l'Evêque, rue Saint Germain l'Auxerrois; puiſque le Roi ſe réſerve ſeulement l'exécution des Jugemens rendus contre ceux qui avoient été convaincus par le Duel, dans la Jurisdiction de l'Evêque; *de convictis per Duellum, in Curia Episcopi, Justitiam faciemus.* Mais il est dit après, qu'au Bourg St Germain, en la Culture-l'Evêque & au Clos Bruneau, l'Evêque & ses Successeurs ont l'Homicide & toutes autres Justices, avec les choses appartenantes aux Justiciés en la Terre de l'Evêque, excepté le Rapt & le Meurtre; & que des Larrons & Homicides pris sur les Lieux ci-dessus, l'Evêque & ses Successeurs en feront la Justice à St Cloud ou ailleurs en leurs Terres, hors la Banlieue de Paris : *In eodem autem Burgo Sancti Germani, & Cultura-Episcopi, & Clauso Brunelli, habet Episcopus & Successores sui, Homicidium, & totam aliam justitiam, cum rebus Justitiatorum inventis in Terra Episcopi, quas habere debebit secundùm legem Villæ Parisiensis, præterquàm Raptum & Multrum, quæ nostra sunt, ut prædictum est.* Pour conserver la Justice de l'Evêque, lorsqu'il étoit question de la faire exécuter contre les Larrons & les Homicides pris sur les Lieux ci-dessus, le Roi lui en permet l'exécution à Saint Cloud, ou ailleurs en la Terre propre dudit Evêque; *de Latronibus autem & Homicidis captis in locis prædictis, faciet Episcopus & Successores sui Justitiam suam apud Sanctum Chlodovæum, vel alibì in Terra sua propria extrà Banleucam Parisiensem :* mais pour ce qui est de ceux qui seront jugés coupables de larcins & autres crimes, & qui auront mérité mutilation de membres; l'Evêque & ses Successeurs pourront les faire punir en leurs Terres où bon leur semblera; *reos verò furti, & alios qui mutilationem corporis meruerint, poterit Episcopus &*

Succeſſores ſui punire in Terra ſua, ubi voluerint. A l'égard des Halles de Champeaux, il eſt dit qu'elles demeureront perpétuellement & paiſiblement au Roi & à ſes Succeſſeurs, ſauf que l'Evêque & ſes Succeſſeurs auront leurs Coutumes dûes en leur ſemaine; *ſalvo eo quod Epiſcopus & Succeſſores ſui habebunt in eis ſuas Conſuetudines debitas in ſeptimana ſua.* Enſuite le Roi, pour dédommager l'Evêque & le Chapitre de Paris, du tort qu'ils ſouffroient par l'Enceinte du Château du Louvre & autres choſes, leur conſtitue une Rente annuelle & perpétuelle : après quoi le Roi ſe réſerve dans la Terre même de l'Evêque, *in Terra Epiſcopi*, la Voirie Royale dans deux rues depuis le Louvre juſqu'au Ponceau de Chaillot, & depuis l'Egliſe de Saint Honoré juſqu'au Pont du Roulle : mais après cela il eſt dit qu'en toutes les autres rues faites ou à faire ci-après en la Terre de l'Evêque deſſous le Marais juſqu'auxdites limites, excepté les deux rues ſuſdites, l'Evêque & ſes Succeſſeurs ont la Voirie & TOUTE JUSTICE, excepté le Rapt & le Meurtre; *In autem aliis viis quæ factæ ſunt, & quæ fient de cætero in Terra Epiſcopi, infrà Mariſcum & prædictas metas, exceptis iſtis duabus, habet Epiſcopus & Succeſſores, VIARIAM ET OMNEM JUSTITIAM, præter Raptum & Multrum.* Enfin, il eſt dit que, ſi l'on vient à bâtir une nouvelle Ville ou un Bourg nouveau en dedans deſdites limites, EN LA TERRE DE L'EVÊQUE; l'Evêque & ſes Succeſſeurs Y AURONT TOUTE JUSTICE, excepté le Rapt & le Meurtre que le Roi s'eſt retenu, ainſi que dans le Bourg Saint Germain; *quod ſi contigerit*

Villam novam, vel Burgum novum ædificari infrà dictas metas IN TERRA EPISCOPI, *Episcopus & Successores sui* OMNEM *habebunt* JUSTITIAM *ibi, præter Raptum & Multrum quæ nobis retinuimus, ficut ea retinuimus in Burgo Sancti Germani.* On voit par cette Tranſaction, que toute la Haute, Moyenne & Baſſe Juſtice de l'Evêque dans le Bourg Saint Germain, dans la Culture-l'Evêque & dans le Clos Bruneau (excepté le Rapt ou Enlévement, & le Meurtre ou aſſaſſinat) ſont réſervés à l'Evêque, & même de nouveau confirmés.

Cela dura juſqu'en l'année 1674, que le Roi Louis XIV ayant jugé à propos de réunir aux Châtelets de Paris les Juſtices de l'Archevêché, indemniſa cet Archevêché, de cette réunion, par des Rentes & autres Droits énoncés dans des Letttes-Patentes du 21 Janvier 1675, Enregiſtrées au Parlement le 6 Février ſuivant, en la Chambre des Comptes le 20 du même mois, & au Bureau des Finances le 14 Août 1682. Ces Lettres-Patentes ſont d'autant plus néceſſaires à rappeler ici, qu'elles confirment de plus en plus la vérité de tout ce que j'ai ci-devant avancé.

Lettres-Patentes du 21 Janv. 1675, *portant* INDEMNITÉ *des Juſtices de l'Archevêché.*

Premièrement, il y eſt dit dans le préambule, que la Juſtice des Archevêques de Paris, leur a *appartenu de* TEMS IMMÉMORIAL, *à cauſe de leur dignité:* ſecondement, que les *Rois prédéceſſeurs* de Louis XIV, ont deſiré de retenir les Halles, *à cauſe des Marchés;* mais en laiſſant à l'Archevêque tous les Droits dans leſdites Halles *de trois ſemaines une,* qui ont toujours été levés au profit & par les prépoſés dudit Archevêque, *comme lui appartenants à cause d'un Tiers qu'il avoit dans la Vicomté de Paris.* Enfin le Roi Louis XIV, considérant que *l'union faite des trois Justices* de l'Archevêque *aux* deux *Châtelets, diminuant le revenu de l'Archevêché de la somme de* 10200 *livres, & du fond des Charges, montant à* 79800 *livres;* dit qu'*il est de sa Piété & de sa Justice de l'*INDEMNISER *de ces Droits utiles par un revenu plus avantageux, comme il l'avoit récompensé de ce qu'il y avoit d'*HONORABLE *dans la Possession de ces Justices qui s'étendoient* DANS LA PLUS GRANDE PARTIE DE LA VILLE, *en Erigeant l'Archevêché de Paris en* DUCHÉ-PAIRIE DE FRANCE, *sous le titre de* SAINT CLOUD, *par son Edit du mois d'Avril dernier* 1674. Voilà donc déjà deux indemnités accordées aux Archevêques de Paris; l'une pour raison *des Halles* & du *Tiers dans la Vicomté de Paris;* l'autre, pour ce qu'il y avoit d'*Honorable* dans la possession des Justices.

A la suite de cela, vient le dispositif des mêmes Lettres-Patentes concernant l'INDEMNITÉ pour raison des *Droits utiles* des mêmes Justices. Pour cet effet le Roi Louis XIV ordonne : 1°. *Que les Archevêques de Paris seront payés de la somme de* 10000 *livres par chacun an, sur le Domaine qui lui appartient dans la Ville de Paris.* 2°. Qu'ils ne payeront *aucune Finance* pour *les Droits Seigneuriaux dûs* pour les *Contrats d'Echanges, comme pour ceux de Ventes, en conséquence des Edits & Déclarations des mois de Mai* 1645, 20 *Mars* 1673 & 20 *Juillet* 1674, lesquels Droits le Roi leur *Cède.* 3°. Sa Majesté les *décharge du payement de la ſomme de 3000 livres à laquelle ils étoient taxés pour la nourriture des Enfans Trouvés, que* le Roi fera *payer en leur acquit; auſſi bien que la ſomme de 2000 livres pour le prix de trois arpens de Terre ſcis à la Ville-l'Evêque, acquis en 1670 pour ſervir de Voirie pour les Juſtices du Fort-l'Evêque, St Eloi & St Magloire.* 4°. Le Roi *veut en outre que les Bailli & autres Officiers de la Juſtice appelée ordinairement la* TEMPORALITÉ, *dans la première Cour de l'Archevêché, continuent d'y exercer, & y exercent la Haute, Moyenne & Baſſe Juſtice, & connoiſſent,* entr'autres choſes, *des* CENS *Rentes & Droits Seigneuriaux dûs à l'Archevêché de Paris, dans toute la* VILLE, FAUXBOURGS *& Banlieue, &c.* Voilà qui achève de montrer que, ſi les Evêques & Archevêques de Paris n'avoient eu (comme l'Hiſtoriographe de la Ville le prétend) que la Garde des Juſtices & Droits en dépendans; le Roi Louis XIV y ſeroit rentré purement & ſimplement, & n'auroit pas INDEMNISÉ les Archevêques de Paris, des Haute, Moyenne & Baſſe Juſtices dont il les privoit dans une grande Partie de la Ville.

Ayant cherché à la fin de la première Partie du *Mémoire* prétendu *Topographique*, la conſéquence que l'Auteur tireroit de toutes les erreurs qu'il avoit avancées; je n'ai trouvé autre choſe, ſinon que cet Auteur conclut ſeulement de tout cela, que *la Poſſeſſion des Evêques de Paris eſt vicieuſe*, parce qu'ils ont poſſédé *les revenus* de la prétendue *Abbaye de St Germain l'Auxerrois.* Mais les Evêques de Paris n'ayant jamais poſſédé aucuns revenus appartenans à cette prétendue Abbaye,

& n'ayant joui que de la Justice qui leur appartenoit anciennement jusques dans l'Enclos de Saint Germain l'Auxerrois, (ainsi que je viens de le démontrer;) il s'ensuit que leur Possession a été légitime & régulière.

RÉPONSE

A la Seconde Partie du Mémoire *prétendu* Topographique.

L'Auteur de ce *Mémoire* annonce sa Seconde Partie, par cette Question : *Quelle étoit la nature du Domaine de l'ancienne Abbaye de Saint Germain l'Auxerrois? A-t-il pu produire une Censive féodale ou inféodée?*

JE pourrois me dispenser de répondre à cette Question, par la raison qu'ayant prouvé sur la première Partie, que Saint Germain l'Auxerrois n'a jamais été une Abbaye, & que les Biens appartenans à cette Eglise étoient situés dans la Haute, Moyenne & Basse Justice des Evêques de Paris, tout est dit à cet égard; & après cela il est inutile d'examiner *quelle étoit la nature du Domaine de cette* prétendue *Abbaye.*

Cependant, comme l'Auteur du *Mémoire*, donne quelques principes qui achèveront d'anéantir la première Partie de son Ouvrage, & même l'Ouvrage entier ; la curiosité me porte à les examiner.

Je ne m'arrêterai pas d'abord à justifier Dumoulin & Loyseau, des torts que l'Auteur leur impute, en les qualifiant néanmoins, & avec raifon, du titre *des deux Oracles du Barreau ;* qualité qui leur eft bien dûe & que la critique du nouvel Auteur du *Mémoire* ne leur ôtera pas. D'ailleurs nous n'avons pas befoin de differter ici fur l'origine & l'ancienneté des Fiefs en France ; cette matière ayant été amplement traitée par un grand nombre d'Auteurs, & étant même étrangère à l'objet dont il s'agit.

Mais je paffe tout de fuite à la qualification que l'Auteur du *Mémoire* donne *à la nature du Domaine de Saint Germain l'Auxerrois. Ainfi*, dit-il, *les Biens de l'Abbaye de Saint Germain l'Auxerrois, dont la fondation remonte au règne du Roi Childebert, étoient alors* ALLODIAUX *; on ne peut pas fuppofer qu'ils avoient été donnés en franche-aumône.* Je m'arrête-là, pour faire fur cette qualification quelques réflexions décifives.

Mém. *Hiftoriq.* p. 49, au milieu.

Suivant l'Auteur du *Mémoire* prétendu *Topographique*, les Biens donnés à l'Eglife de Saint Germain l'Auxerrois, dont le Roi Childebert étoit fondateur, *étoient* ALLODIAUX. Mais qu'eft-ce que deviennent alors cette Seigneurie fpirituelle & temporelle, cette Haute, Moyenne & Baffe Juftice, dont l'Eglife Cathédrale de Paris n'a pu ufurper la moindre partie fans avoir un Titre d'inféodation, ou fans rapporter un Titre énonciatif d'icelle ? L'ALLODIALITÉ donne-t-elle tous ces droits ? Non certainement, & tout fon privilège confifte en ce qu'on ne relève de perfonne. Voilà donc encore toute la prétendue Seigneurie de Saint Germain l'Auxerrois une feconde fois culbutée, & cela du propre aveu de fon Apologifte.

Cet

Cet Auteur fait ensuite un singulier aveu, lorsqu'il dit que *ces Biens n'ayant jamais été donnés, ni au Chapitre de Saint Germain, ni à l'Evêché, on ne peut supposer que dans aucuns tems ils les ayent tenus en Fief du Roi.* Mais, de qui l'Eglise de St Germain l'Auxerrois tenoit-elle donc ses Possessions & ses prétendus Fiefs, si ce n'étoit pas du Roi? Elle les avoit donc usurpés? Tout cela n'est pas conséquent avec ce que l'Auteur avoit dit dans sa première Partie.

MÉM. *Topographique*, p. 50.

On ne voit pas non plus où il a pris que les mêmes Biens ne pouvoient pas avoir été *donnés en franche-aumône:* comme si la présomption de l'usurpation étoit plus honorable que celle du don en franche-aumône. Mais débarrassons l'Auteur de toutes les fausses conséquences qu'il tire; & disons que sous la première Race de nos Rois, tems où (selon lui) on ne connoissoit pas encore les Fiefs en France, les fondations des Eglises se faisoient presque toujours en franche-aumône, ainsi que le peu de Titres qui nous reste de ces tems-là le fait assez connoître.

Revenons à ce que l'Auteur remarque au sujet des privilèges de l'allodialité : *Un Propriétaire d'aleu*, dit-il, *qui a la pleine disposition de la propriété allodiale, peut en aliéner une partie avec la réserve d'un Cens, & même des Lods & Ventes : il est d'autant plus à son pouvoir de stipuler une pareille clause, qu'elle n'a rien de contraire, soit aux Loix, soit aux bonnes mœurs.* Il résulte naturellement de-là une conséquence en faveur de l'Archevêché de Paris au sujet de l'Emplacement de l'ancien Hôtel de Soissons : car ayant été prouvé que

MÉM. *Topographique*, p. 55.

cet Emplacement n'a jamais été un ſeul inſtant dans la dépendance de Saint Germain l'Auxerrois; & en ſuppoſant même que l'Evêché de Paris qui le poſſédoit de tout tems, l'eût tenu ſeulement en franc-aleu, il s'enſuivroit que les Evêques de Paris auroient pu l'aliéner à la charge d'un Cens.

Mais, ce n'eſt pas-là la conſéquence que l'Auteur du *Mémoire* en tire. Il prétend au contraire que *la tenure du Chapitre* de Saint Germain l'Auxerrois *ou de l'Evêché, n'*ayant *point eu pour cauſe une conceſſion du Roi en Fief; il faut néceſſairement en conclure que le Chapitre ou l'Evêque n'ont pu créer une Cenſive féodale ſur les Biens de l'ancienne Abbaye de Saint Germain l'Auxerrois.*

Idem eodem, p. 50.

Il faut eſpérer que l'Auteur du *Mémoire* prétendu *Topographique*, ayant vu les réponſes que j'ai faites à la première Partie de ſon *Mémoire*, ne perſiſtera plus dans le ſyſtême par lequel il avoit entrepris de faire croire que les Evêques de Paris s'étoient formés un Domaine aux dépens de celui de la prétendue Abbaye de Saint Germain l'Auxerrois; ſyſtême qui n'entrera dans la tête de perſonne. Ainſi en diſant (comme il eſt vrai) que la Cenſive ſur l'Emplacement de l'Hôtel de Soiſſons, ne s'eſt formée que ſur un Terrein appartenant de tout tems à l'Evêché de Paris; j'en concluerai (d'après les propres principes de l'Auteur du *Mémoire*) que dans le cas même où les Evêques de Paris n'auroient poſſédé ce Terrein qu'à titre d'allodialité, les mêmes Evêques auroient pu y établir une Cenſive, ſans qu'il fût beſoin d'une conceſſion du Roi en Fief.

Je n'en dirai pas davantage ſur la ſeconde Partie du *Mémoire* prétendu *Topographique;* attendu qu'il y a aſſez long-tems que l'Auteur de ce *Mémoire* me promène dans des Eſpaces imaginaires que je n'avois point parcourus, les ayant regardés, avec raiſon, comme étrangers & inutiles. Il eſt plus que tems que j'entre en matière ſur les objets que j'ai cru devoir traiter dans mon *Hiſtoire* & dans ma *Diſſertation.*

RÉPONSE

A la Troiſième Partie du Mémoire *prétendu* Topographique.

L'Auteur de ce *Mémoire* ſe propoſe d'établir dans ſa troiſieme Partie, que *l'Hôtel de Neſle, acquis par nos Rois, a été Royal & Domanial, enſuite Fief-lige & de dignité, par ſon incorporation au Comté de Maulévrier.* Moi, je ſuis certain d'établir au contraire, que l'Hôtel de Neſle n'a jamais été acquis par nos Rois, pour eux; & que ce même Hôtel n'a jamais été ni Royal, ni Domanial, ni Fief-lige incorporé au Comté de Maulévrier.

L'Historiographe de la Ville, n'ayant point de bonnes raiſons à dire pour prouver que l'Hôtel de Neſle a été Royal & Domanial, tâche du moins d'en faire paſſer quelques mauvaiſes, & en voici la preuve.

Il prétend que, parce que cet Hôtel avoit ce qu'on appeloit alors un *Pourpris*, c'étoit par conséquent un Hôtel noble, Seigneurial, Royal & même Domanial; & que *les Hauts Seigneurs auroient cru s'avilir, s'ils avoient fait leur demeure dans un lieu de servitude ou de roture :* d'où il conclud que l'*Hôtel de Nesle ayant été donné au Roi Saint Louis & à la Reine Blanche par le Seigneur de Nesle, en l'année 1230, cet Hôtel est devenu Royal & Domanial, en devenant Maison Royale.*

Mém. *Historiq.* p. 62, vers la fin.

Idem, p. 67, au commencement.

Mais tout cela est faux, soit dans le droit, soit dans le fait. Premièrement, il n'est pas vrai que le mot *Pourpris* ne s'applique qu'aux Hôtels nobles; & si Laurière l'a ainsi expliqué dans son *Glossaire*, ce n'a été que relativement a ce que plusieurs Articles de Coutumes qu'il cite, en ont parlé à l'occasion des Manoirs Seigneuriaux; mais le mot *Pourpris* s'applique également aux Bâtimens roturiers, même aux simples masures.

C'est ce qu'on trouve disertement expliqué dans le Glossaire de Ducange sur les mots Porprisum, Porprisagium & Porprisium, qui signifient tous la même chose : *Porprisum*, dit-il, *Possessio, vel locus muris aut vallis conclusus;* & il cite un passage tiré d'un Cartulaire de Caën, dans lequel il est dit : *Vendiderunt* UNAM MASURAM CUM TOTO PORPRISO. Ensuite sur le mot *Porprisagium*, qui est le même que *Porprisum*, *Idem*, dit-il, *quod* PORPRISUM, il cite une Charte de Radulfe, Abbé de Fescam, de l'an 1213, rapportée dans le Tabulaire de cette Abbaye, *folio* 31, où il est également prouvé que le mot *Pourpris* s'appliquoit non-seulement aux Masures, mais

Ducange, *Gloss.* T. V, *colon.* 663 & 664.

même aux petits espaces de terres qui en dépendoient, *MASURAM TERRÆ, cum TERRA & PORPRISAGIO IBI PERTINENTE...... DEDERUNT.* Il en est de même, lorsqu'il explique le mot PORPRISIUM, à l'occasion duquel il cite une Charte de l'année 1220 contenant ce passage, *CUM TERRA ET PORPRISIO ejusdem MASURÆ pertinenti.* Je pourrois encore citer, d'après Ducange, & même d'après des Titres, plus de vingt exemples qui prouvent tous que le mot *Pourpris* s'appliquoit également aux Hôtels ordinaires, aux Maisons particulières, & même aux Masures. Mais ce seroit du tems perdu que d'entrer en discussion vis-à-vis de l'Auteur du *Mémoire* prétendu *Topographique*, qui ne cherche en tout qu'à faire prendre le change. Je conclus seulement de tout ce que je viens de dire, que l'Hôtel de Nesle n'a jamais été ni Royal, ni Domanial par la raison qu'il avoit un Pourpris : & c'est une puérilité de la part de l'Auteur, d'avoir voulu tirer de-là une aussi fausse conséquence.

Il est également contraire à la vérité des faits, de dire que l'Hôtel de Nesle ait jamais été possédé par le Roi Saint Louis. Peut-être que ç'avoit été là le projet; mais il est certain qu'il n'eut point d'exécution, & que, du consentement du Roi Saint Louis, cet Hôtel resta en propriété à la Reine Blanche sa mère : on voit même par l'acte de ratification de la donation faite à la Reine Blanche par Eustache de Saint-Pol, épouse de Jean de Nesle, que ce fut à la Reine Blanche seule que Jean de Nesle & sa femme donnèrent leur Hôtel: *Noveritis*, dit Eustache de Saint-Pol, *quod donationem quàm Parisius Dominus meus Johannes Dominus Nigelle, fecit Blanche Dei gratia illustri Regine Francie, de Domibus suis Parisiensibus, ratam habeo & concedo, fide interposita firmiter me tenendam; & quantùm in me est, Dono & Concedo Domos suprà dictas Regine memorate.* Ces Lettres & le projet qui l'avoit précédé, sont également datés du mois de Novembre 1232.

En venant ensuite au contenu du même acte, qui porte que l'Hôtel de Nesle étoit situé dans la Terre de l'Evêque de Paris, *in Terra Episcopi;* l'Auteur du *Mémoire* prétend qu'*il ne faut pas en conclure, comme ont fait quelques Auteurs, que ces termes signifient dans la Censive de l'Evêque;* & il en donne pour raison qu'*il a prouvé dans sa seconde Partie, que l'Hôtel de Nesle, situé entre Saint Germain l'Auxerrois & Saint Eustache, étoit dans le Territoire & Seigneurie de l'Abbaye de Saint Germain l'Auxerrois. Ainsi* (continue-t-il) *c'est par erreur qu'on a dit dans la Donation IN TERRA EPISCOPI.* Mais la prétendue Seigneurie & la prétendue Abbaye de Saint Germain l'Auxerrois étant une vraie fable que j'ai détruite dans ma première Partie, & d'ailleurs étant prouvé au *fol.* 89 *versò* du *Livre des Cens* de l'Evêché, de l'année 1373, que *la Maison Monf. Jean de Nesle joignant de la Porte au Coquillier,* payoit alors 14 *sols* 9 *den* de Cens au même Evêché; il résulte de-là que l'Hôtel de Nesle étant dans la Terre de l'Evêque de Paris, étoit par conséquent dans sa Censive, ainsi que tous les Auteurs l'ont dit.

MÉM. *Topograph.* p. 68 vers la fin.

Il est certain que la Reine Blanche mourut en l'année 1252, & qu'elle n'eut point d'autre demeure que cet Hôtel, jusqu'à son décès. Depuis ce tems-là jusqu'en l'année 1296, qu'on conjecture que le Roi Philippe le Bel donna le même Hôtel à Charles de Valois son frère, on ne sait en quelles mains cet Hôtel passa. Mais ce qu'il y a de certain, est qu'en l'année 1373, l'Hôtel de Nesle appartenoit à *Pierre de Hautonne & à la Demoiselle du Chatellier* qui en payoient à l'Evêque de Paris 14 *sols 9 deniers* de Cens; sans compter les dépendances qui en avoient été démembrées & aliénées depuis la mort de la Reine Blanche, & qui toutes en payoient des redevances au même Evêché à titre de Censive & de fonds de terre, ainsi que cela est prouvé par le Livre des Cens de l'année 1373. Par conséquent, on ne trouve jusqu'à présent aucune apparence de Domanialité ni de Bien dépendant de la Couronne, par rapport à l'Hôtel de Nesle.

Envain le *Bibliothécaire & Historiographe de la Ville*, entreprendroit-il de jeter des soupçons contre l'authenticité & la vérité des Terriers & Livres des Cens de l'Archevêché de Paris. Je ne crois pas qu'il en trouve d'aussi anciens, tant dans les archives du Domaine que dans celles de l'Hôtel-de-Ville de Paris, & cela par une raison bien simple; c'est que le Domaine du Roi & l'Hôtel-de-Ville de Paris n'ayant jamais possédé à titre de Censive ou autrement, un pouce de terrein dans l'Emplacement de l'Hôtel de Soissons dont il s'agit, ils n'en ont par conséquent & n'en peuvent avoir aucuns Titres. D'ailleurs le parchemin des tems où plusieurs de ces Terriers & Livres des Cens ont été écrits, les caractères de l'écriture, la différence même dans l'expreſſion des choſes ſuivant les différens ſiècles; tout en aſſure la vérité. Enfin, puiſque Ducange, Sauval, l'Abbé le Beuf, M. Bonamy & autres Savans par les mains deſquels les Cartulaires, Terriers, Livres des Cens & autres Titres de l'Archevêché ont paſſé, les ont regardés comme anciens & authentiques; convient-il à l'Auteur du *Mémoire* prétendu *Topographique* de vouloir à tort & à travers jeter des ſoupçons contre des Monumens que des Gens qui, ſans lui faire tort, en ſavoient plus que lui ſur la Diplômatique, ſe ſont fait un honneur de reſpecter & même d'adopter? Qu'il nous en produiſe autant de la part du Domaine ou de la Ville : & ſi les Titres qu'il produira réuniſſent les caractères convenables de vérité, je n'aurai pas la mauvaiſe foi de les ſuſpecter, quand même ils ſeroient contraires à ce que j'ai écrit : car c'eſt le devoir de l'Hiſtorien d'être vrai; & s'il entreprend d'en impoſer, avec connoiſſance de cauſe, il ſe rend digne de mépris.

Mais voyons les autres difficultés que l'Auteur du *Mémoire* prétendu *Topographique* a encore à me faire. Il voudroit en tirer une de la donation que Philippe de Valois, n'étant encore que Régent du Royaume, fit de cet Hôtel en l'année 1327 à Jean de Luxembourg, Roi de Bohême ou (comme on diſoit alors) de Bahaigne. Mais on voit par l'acte même, que cette donation ne contient rien d'extraordinaire, ſinon la réſerve de la Juſtice de la Souveraineté ; réſerve qu'un Régent ne pouvoit faire qu'en faveur du Roi. Auſſi voit-on que Philippe de Valois, qui ne prend d'autre qualité dans cet acte que celle de *Régens*

les

les Royaumes de France & de Navarre, ne réserve rien, *excepté la Justice de la Souveraineté, laquelle*, dit-il, *nous réservons & retenons par devers nous*. Il ne dit pas *pour nous*, mais *par devers nous*, c'est-à-dire, comme Régent & pour le Roi, ainsi qu'il devoit le faire en sa qualité, & à titre de réserve.

L'Auteur du *Mémoire* prétendu *Topographique*, a donc tort de faire un grand étalage de raisonnemens à l'occasion de ce Titre, & encore plus d'en vouloir induire *une réunion* au Domaine. Philippe de Valois (on le lui répète) n'étoit pas encore Roi : Charles de Valois son pére ne l'avoit jamais été : d'ailleurs l'acte de 1327 ne porte pas réunion, mais seulement une réserve de *la Justice de la Souveraineté* qui ne pouvoit appartenir qu'au Roi, & dont Philippe de Valois n'étoit alors que le Gardien ou Conservateur en sa qualité de Régent. Ce Titre ne fut pas même scellé du sceau du Roi, mais de celui des Comtes de Valois, ainsi que le Prince Régent le dit lui-même en ces termes, *nous avons fait mettre en ces présentes Lettres, notre scel, duquel nous usions avant que le Gouvernement desdits Royaumes nous venist.* Ainsi nulle réunion faite par cet acte, de l'Hôtel de Nesle au Domaine.

L'acte du 5 Janvier 1355, par lequel le Dauphin fils du Roi Jean donna, avec le consentement du Roi son père, le même Hôtel au Comte de Savoye, en augmentation du Comté de Maulévrier, n'indique pas plus une réunion au Domaine, ni même une incorporation au Comté de Maulévrier. Brussel, dans son savant ouvrage sur l'*Usage général des Fiefs en France*,

Brussel, *Usage général des Fiefs*, T. I, p. 115.

nous apprend que *dans le treisième siècle, la Ligence vint si fort à la mode, que toutes les nouvelles inféodations qui y furent faites, ne le furent qu'à la charge de l'Hommage-Lige* ..... que l'*on voit encore par plusieurs Cartulaires & Registres, que les Hauts Suzerains, pour faire que ceux qui ne leur devoient que l'Hommage ordinaire, fussent à l'avenir leurs Hommes - Liges, leur donnèrent UNE SOMME D'ARGENT, OU DE NOUVELLES TERRES EN ACCROISSEMENS de Fief:* voilà l'Histoire de la donation de l'Hôtel de Nesle à Amédée VI, Comte de Savoye. J'ai fait voir pag 20 & 21 de mon Histoire de l'Hôtel de Soissons, qu'Amedée VI, Comte de Savoye, ayant épousé Marguerite, sœur de Bonne de Luxembourg, première femme du Roi Jean lorsqu'il n'étoit encore que Duc de Normandie, avoit des prétentions sur l'Hôtel de Nesle ou de Bahaigne, Bonne de Luxembourg étant morte avant que le Roi Jean fût parvenu à la Couronne. Ainsi ce ne fut de la part du Roi & du Dauphin qu'un abandonnement de Droits successifs, fait par le Dauphin Charles, sous l'autorité du Roi, au Comte de Savoie; lequel abandonnement de l'Hôtel de Bahaigne à ce Comte, fut fait par forme de donation, suivant la mode de ce tems-là, en augmentation du Comté de Maulévrier, *in augmentum vice Comitatûs Maleleporarii*, & à la charge de l'Hommage-Lige. Au surplus, je ne sçai pas où l'Auteur du *Mémoire* prétendu *Topographique*, a pris que le mot latin *augmentum* signifie *incorporation:* ce mot n'a jamais signifié qu'*augmentation* & quelquefois *supplément* ou *dédommagement*. Mais il ne résulte de cela aucune incorporation ni au Comté de Maulévrier, ni au Domaine du Roi.

Deux circonſtances le prouvent encore. La première eſt que *l'Hôtel de Bohême ne paſſa pas au Succeſſeur d'Amedée VI, mais à Louis Duc d'Anjou, fils du Roi Jean*, ainſi que M. Bonamy l'a remarqué dans ſa *Deſcription Topographique* de cet Hôtel, rapportée dans le vingt troiſième Tome de l'Hiſtoire de l'Académie des Belles-Lettres. La ſeconde circonſtance eſt que, nonobſtant cet acte, les Droits de Cenſive continuèrent toujours d'être payés à l'Evêque de Paris pour cet Hôtel & ſes dépendances; & la preuve en exiſte dans le *Livre des Rentes & fonds de Terre* de l'Evêché de Paris, écrit ſur vélin en 1373. L'Auteur du *Mémoire* prétendu *Topographique* dit inconſidérément que *les Officiers de l'Evêché, ſe fondans ſur leurs prétendus Cartulaires, Terriers & Livres de Cens, en auront impoſé à l'Evêque, & celui-ci au Roi.* Quand on attaque ainſi la mémoire de Perſonnes en place, il faut être en état de donner la preuve de ce qu'on avance. Mais l'attaque de l'Auteur du *Mémoire* eſt d'ailleurs ſi foible & ſi haſardée, que je ne daigne pas la repouſſer, ſinon en tirant les inductions qui réſultent du Terrier ou *Livre des Cens* de l'Evêché, de l'an 1373.

Hiſt. de l'Acad. des Inſcr. & Bel. Let. T. XXIII, p. 167.

MÉM. *Hiſtoriq.* p. 81, lig. 12.

Par ce Livre, ou Terrier, la Maiſon de Neſle eſt dite ſituée dans la rue du même nom : *ITEM joignant, LA GRANT MAISON DE NÉELLE qui eſt MONS. D'ANJOU, & fu MONS. DE SAVOYE, & par avant au Roi de Brahaigne, & fu Meſſ. Charles de Valois,* 30 *ſ.* 6 *deniers.* Voilà le Grand Hôtel vraiſemblablement

Livre des Cens de l'Evêché, de 1373, Mſſ. *fol.* 8 *verſò.*

augmenté du côté de la redevance, à proportion des fonds qui y avoient été joints : voyons à présent ses dépendances, car l'acte du 5 Janvier 1355, ci-dessus cité, nous apprend qu'il en avoit. Comme l'Auteur du *Mémoire Topographique* a prétendu que les Granges que j'ai citées comme des dépendances de l'Hôtel de Nesle, étoient *imaginaires* & *contraires même au Livre des Cens*, je vais donner la preuve de ce que j'avois avancé. Elle se trouve dans le même Terrier à l'article de la rue de Garnelles ou Grenelle, en ces termes: *ITEM, la Place où furent les Granches Monf. d'Anjou, & fut Monf. de Valois, & sont à présent au Comte de Savoye, doivent pour fonds de Terre 12 f. 6 den.*

Mém. *Historiq.* p. 78.

Livre des Cens de l'Evêché, de 1373, *fol.* 89, *verf.*

S'il n'étoit pas trop long de parcourir tout ce Terrier, & celui pareillement écrit sur vélin en l'année 1399 par ordre de l'Evêque de Paris, par Pierre le Queux, Prêtre & Collecteur dudit Evêché; je prouverois que l'*Hôtel de Nesle* avoit son entrée par la rue du même nom, & donnoit par les derrières dans *la rue de Garnelles* ou Grenelle, joignant la porte Coquillère : que près de cette Porte, il y avoit une *Ruelle de Nesle*, accompagnée d'une Grange, d'une Maison, & autres confrontations d'après lesquelles j'ai dressé mes plans, aussi justes qu'il est possible de les faire, relativement à des tems éloignés, depuis lesquels l'Emplacement de l'Hôtel de Nesle a plusieurs fois changé de face. Mais cette discussion me méneroit trop loin, & d'ailleurs j'aurai occasion d'y revenir. Je me contenterai seulement d'observer que cette prétendue *Féodalité-Lige*, sur laquelle l'Auteur du *Mémoire* s'épuise en longues &

inutiles Dissertations, n'eut jamais aucun effet; puisque le même Auteur dit en termes formels, que *par l'acquisition de l'Hôtel de Nesle faite par le Roi Charles VI en l'année* 1388, *la féodalité-lige de l'Hôtel de Bohême fut éteinte.* Mais ce même Auteur auroit dû faire remonter plus haut cette prétendue extinction, ou, pour mieux dire, ce manque d'effet : car il ne nous persuadera pas que le Dauphin Charles, qui parvint à la Couronne en 1364 sous le nom de Charles V, ait racheté cet Hôtel du Comte de Savoye pour le donner à Louis Duc d'Anjou, son frère, pour en faire son homme-lige. Ce qui achève même de détruire tous raisonnemens au sujet de cette prétendue Ligence, c'est que Louis Duc d'Anjou, frère du Roi Charles V, étant mort en l'année 1384; Marie de Châtillon, dite de Blois, sa veuve, & Louis d'Anjou deuxième du nom, son fils, vendirent très-librement cet Hôtel au Roi Charles VI, en l'année 1388.

MÉM. *Historiq.* p. 79, lig. 12.

Mais il y a plusieurs infidélités à relever dans la manière dont l'Auteur du *Mémoire* prétendu *Topographique* expose l'acquisition faite de l'Hôtel de Nesle ou de Bahaigne par le Roi Charles VI. Je ne répéterai point ici la supposition ridicule que cet Auteur a faite, pour tâcher de faire croire que si Charles VI avoit payé les Lods & Ventes de cette acquisition à l'Evêque de Paris, c'étoit parce que cet Evêque étoit en même tems Président en la Chambre des Comptes : cette supposition est trop grossière & trop visible, pour qu'on puisse oublier la courte réponse que j'y ai déjà faite au commencement de ma Réfutation *. Mais l'ordre de

* V. ci devant la p. 6.

l'Histoire me met encore dans le cas de répéter ici que le Roi Charles VI, dans le Mandement qu'il adressa le 2 Janvier 1388 aux Officiers de la Chambre des Comptes & à ceux du Domaine, pour qu'ils payassent les Lods & Ventes de cette acquisition à l'Evêque de Paris, reconnut formellement que la *Maison* de Bahaigne qu'il venoit d'acquérir, *étoit* EN LA CENSIVE DE L'ÉVÊQUE DE PARIS, A CAUSE DE SON EVÊCHÉ, & ordonna qu'on payât mille francs à l'Evêque *à cause des Ventes dûes pour ladite Maison*. Première infidélité de l'*Historiographe de la Ville*, en ce qu'il n'a pas voulu voir ce qui est dans ce Mandement : mais pour s'en dédommager, il a voulu y voir ce qui n'y est pas.

MÉM. *Topogr.* p. 81.

En effet, où est-ce que cet Auteur a pris que *les Officiers du Roi* Charles VI, *bien loin de s'empresser de payer les Lods & Ventes réclamés par l'Evêque, soutinrent au contraire qu'ils n'étoient pas dûs . . . . .* qu'*en conséquence ils défendirent de payer les Lods & Ventes :* mais que *le Roi Charles VI, pour terminer le différend, octroya à l'Evêque de Paris, pour le récompenser en quelque sorte des services qu'il lui rendoit en qualité de son Conseiller en sa Chambre des Comptes, une somme de 500 livres, qu'il n'avoit aucun droit de demander à titre de Mouvance?* J'ose dire que la patience ne peut pas tenir contre une aussi insigne supposition : car où est la preuve que *les Officiers du Roi* ayent *soutenus que les Lods & Ventes* dont il étoit question *n'étoient pas dûs*, & que les mêmes Officiers *défendirent de les payer?* Nul vestige de tout cela dans le Mandement du Roi

Charles VI, ni par-tout ailleurs. Où eſt la preuve qu'il y ait eu un *différend* à ce ſujet? Où eſt enfin la preuve que ce même Roi *octroya à l'Evêque de Paris* une ſomme de 500 livres *pour le récompenſer en quelque ſorte des ſervices* qu'il lui rendoit *en qualité de ſon Conſeiller en ſa Chambre des Comptes;* pendant que le Mandement du Roi Charles VI porte préciſément, que c'étoit pour les Ventes que les mille francs étoient dûs, & que ce fut à titre de remiſe que l'Evêque de Paris ſe contenta de 500 livres; *& depuis*, y eſt-il dit, *notredit Conſeiller nous ait ſupplié que nous vouziſſions faire ſatisfaction & payement deſdites* VENTES *montant à la ſomme de mille francs, laquelle il nous quitta* LIBÉRALEMENT *pour la ſomme de cinq cens francs?* Comment peut-on prendre la qualité d'*Hiſtoriographe*, quand on fait de pareilles ſuppoſitions, ayant le Titre même ſous les yeux?

Voir le *Mandement* du Roi Charles VI, pag. 33 de mon *Hiſt. de l'Hôtel de Soiſſons.*

En voici une autre, qui n'eſt pas plus excuſable ni moins viſible. Depuis plus de 550 ans que l'Hôtel de Neſle a été bâti, il a paſſé pour certain que la Porte d'entrée de cet Hôtel étoit dans la rue de Neſle qui, en traverſant tout l'Emplacement de ce qui depuis a formé celui de l'Hôtel de Soiſſons, commençoit dans la rue Saint Honoré à l'endroit où commence encore aujourd'hui la rue d'Orléans, & en traverſant tout l'Emplacement qu'elle ſéparoit en deux, reſſortoit vers la Croix Saint Euſtache par un petit bout de rue que nous y avons encore vu de nos jours. C'eſt vers le milieu de cette rue de Neſle, à main gauche, qu'étoit l'entrée de l'Hôtel du même nom, lequel par les

JUSTIFICATION DES PLANS DE M. TERRASSON.

derrières donnoit sur la rue de Grenelle, d'un côté sur la rue Coquillère, de l'autre côté sur des Maisons aboutissantes à un endroit de la rue des deux Ecus, qui n'a été ouvert que du tems de la Reine Catherine de Médicis. C'est le placement que tous les Auteurs nous en indiquent, d'après un Plan gravé sous le règne de Charles IX, & qui nous représente Paris tel qu'il étoit sous Charles VI. C'est ce Plan que M. Bonamy a suivi, & a même mis (en ce qui concerne seulement l'Emplacement de l'Hôtel de Soissons) en tête de sa *Description Historique & Topographique de cet Hôtel*, dont on trouve un Extrait assez étendu, avec les Plans, dans l'*Histoire de l'Académie des Inscriptions & Belles-Lettres*.

Hist. de l'Acad. des Insc. & Belles-Let. T. XXIII, p. 262 de l'*Histoire*.

Cependant, l'Auteur du *Mémoire* prétendu *Topographique* n'a pas voulu s'y conformer, parce que ces Plans le gênoient, & qu'il entroit dans son systême de placer de prétendus Fossés & Remparts dans l'endroit où tous les Auteurs disent que l'Hôtel de Nesle ou de Bohême est demeuré jusqu'au tems où la Reine Catherine de Médicis, ayant acheté l'Hôtel d'Albret situé dans la rue du Four Saint Honoré, fit abattre l'ancien Hôtel de Nesle pour en faire les Jardins du nouvel Hôtel qu'elle venoit d'acquérir. L'Auteur du *Mémoire* prétendu *Topographique* a saisi cette circonstance pour en conclure que *les anciens & les nouveaux Bâtimens de l'Hôtel de Nesle, de Bohême, d'Orléans & de Soissons ont toujours été situés le long de la rue du Four*. Voilà en vérité un bel équivoque, & bien digne de son Auteur. Quoi! parce que l'Hôtel de Nesle situé tant

MÉM. *Topographique* p. 84.

tant qu'il a ſubſiſté, entre la rue du même nom & celle de Grenelle, aura par la ſuite été démoli pour en faire les Jardins de l'Hôtel d'Albret, acquis trois ſiècles & demi après, dans la rue du Four par la Reine Catherine de Médicis; s'enſuivra-t-il que l'Hôtel de Neſle a toujours été ſitué dans la rue du Four? Voilà une belle conſéquence : mais il ne ſera pas difficile de la détruire.

Pour cet effet, j'oppoſerai d'abord à l'Auteur du *Mémoire*, le ſentiment général de tous ceux qui ont écrit ſur la Topographie de Paris, & qui ont fait des Plans : le premier que feu M. Bonamy a donné à la tête de ſa *Deſcription Hiſtorique & Topographique de l'Hôtel de Soiſſons*, place l'Entrée de l'Hôtel de Neſle dans *la rue de Neſle*. Cela achève de ſe prouver par deux CENSIERS DE L'EVÊCHÉ DE PARIS, écrits ſur vélin, l'un en 1373 & l'autre en 1399, dans leſquels Cenſiers (qui ſont diſtribués par rues) l'Hôtel de Neſle eſt dit ſitué RUE DE NÉELLE, & dans cette rue on en trouve l'article conçu en ces termes : *La Grant Maiſon de Néelle, qui fu M. d'Anjou, & fu M. de Savoye & paravant au Roi de Brahaigne, & fu Meſſire Charles de Valois* ...... 30 *ſ.* 6 *den.* Enfin dans un Compte rendu en l'année 1421 par Magloire le Jeune, l'article concernant l'Hôtel de Bahaigne, eſt conçu en ces termes; *du Grant Hôtel aſſis à Paris* EN LA RUE DE NESLE, *appelé l'Hôtel de Bahaigne, où il y a pluſieurs grandes Cours & Jardins, qui appartient à M. le Duc d'Orléans.* Voilà donc l'Hôtel de Neſle réintégré dans la rue du même nom, malgré les vains efforts de l'Hiſtoriographe de la Ville, qui vouloit abſolu-

Sauval, T. III, p. 653 & 654.

ment que cet Hôtel fût situé dans la rue du Four.

Il n'est plus à présent question que de prouver que ce même Hôtel donnoit par ses derrières & par ses Jardins sur la rue de Grenelle, ainsi que je l'ai avancé. Or, la preuve en est écrite dans un Compte rendu à l'Evêque de Paris par François Clément, son Receveur, en 1492, tems où cet Hôtel avoit passé à titre successif à Louis II, Duc d'Orléans : dans ce Compte, qui est signé *Jean, Evêque de Paris*, & *Clément*, on trouve d'abord dans la *rue de Nesle* cet article; *de M. d'Orléans, à cause de ses Maisons, Cour & Galleries où souloient avoir plusieurs Maisons qui furent à M. d'Anjou, Alain le Breton & autres, à ce terme de fond de Terre .... 43 s. par.* Et dans l'article de la *rue de* GARNELLES, on trouve ces termes; *de M. d'Orléans, à cause de ses Jardins où souloit avoir plusieurs Maisons & Granges dont partie furent à Me Gilles du Moulinet, à ce terme de fonds de Terre, 33 s. 9 deniers par.* Je pourrois encore citer d'autres Terriers postérieurs, & continuer les preuves de mes Placemens. Mais en voilà plus qu'il n'en faut pour prouver que l'Hôtel de Nesle & ses Jardins n'ont jamais été situés dans la rue du Four; & qu'au contraire l'Hôtel de Nesle a toujours été situé dans la rue du même nom, & ses Jardins sur la rue de Grenelle.

Achevons de répondre aux objections par lesquelles l'Auteur du *Mémoire* prétendu *Topographique* termine sa troisième Partie. Mais je commence par annoncer que ces dernières objections sont si misérables, que je ne répondrai qu'aux moins mauvaises, & que j'en adopterai quelques autres que l'Auteur ſemble n'avoir propoſées que pour détruire ſon propre ſyſtême.

Que peut-on répondre, par exemple, à ce qu'il dit, que *c'eſt par une affectation marquée qu'on a fait inſérer dans les Lettres de confirmation de Louis XII, de l'année 1499, que l'Hôtel de Bohême n'étoit pas du Domaine.* Mais quelle affectation y a-t-il là? Louis XII avoit donné aux Filles Pénitentes une grande partie de ſon Hôtel de Bahaigne, avant ſon avénement au Trône: & enſuite il avoit donné le reſte de cet Hôtel à Robert de Framezelles dans l'année de ſon avénement a la Couronne. Quel inconvénient y avoit-il donc, à ce que, pour éviter à ces deux Donataires, des recherches de la part des Officiers de ſon Domaine, il ait jugé à propos de déclarer dans les Lettres de confirmation de ces deux donations, que l'Hôtel de *Bahaigne étoit à lui appartenant, & non étant du Domaine de ſa Couronne?* Au ſurplus, malgré toutes les réflexions de l'Auteur du *Mémoire*, ces Lettres de confirmation forment encore, en faveur de la Cenſive de l'Archevêché, un Titre d'autant plus reſpectable, qu'il avoit été précédé & qu'il a été ſuivi d'une longue & conſtante poſſeſſion.

MÉM. *Hiſtoriq.* p. 85.

Il en eſt de même de l'Enſaiſinement que l'Evêque de Paris fit du même Hôtel en faveur des Filles Pénitentes le dernier Avril 1500. L'Hiſtoriographe de la Ville trouve mauvais que cet *Enſaiſinement* fait en faveur de pauvres Filles *converties*, ait été *gratuit*, en ſuppoſant même (ce qui n'eſt pas) qu'il l'ait été, puiſque l'Enſaiſinement fait mention d'un prix, auquel l'Evêque ſe réſerve de faire des modifications. N'importe, l'Auteur du *Mémoire* prend de cet Ensaisinement une nouvelle occasion de répéter en cet endroit sa fable de Saint Germain l'Auxerrois, & de dire que cet Ensaisinement prouve que *dans tous les tems les Evêques de Paris ont cherché à se procurer des Titres du Domaine de l'Abbaye de Saint Germain l'Auxerrois, qu'ils ont usurpé*. Mais, où sont-ils donc ces Titres? Il n'y a pas d'Abbaye ou de Chapitre qui n'en ait plus ou moins: cependant l'Auteur du *Mémoire* n'en rapporte pas un seul qui soit émané de cette prétendue Abbaye. Ce n'étoit pas la peine qu'il injuriât plusieurs fois la mémoire des anciens Evêques de Paris, à l'occasion d'une vision qu'il a eue, & que j'ai dissipée.

MÉM. *Historiq.* p. 85, à la fin.

Idem, p. 86.

L'Auteur m'impute ensuite d'avoir *supposé existant dans cet endroit* (rue du Four) *un grand Hôtel d'Albret que j'ai fait*, dit-il, *de fantaisie, ne citant ni actes, ni Livres Censiers ou Cartulaires de l'Evêché qni m'autorisent à placer l'Hôtel d'Albret dans cet endroit, & à supposer qu'il a été acquis*. Cet Auteur croit apparemment que je fabrique, comme lui, des Abbayes & que je place des Hôtels où il n'y en avoit pas. Mais l'imputation qu'il me fait est d'autant plus fausse, que dans la même page 86 il donne lui-même la preuve de l'existence de l'Hôtel d'Albret dans la rue du Four; & il tire cette preuve d'un *Compte ordinaire de la Prevôté de Paris*, rapporté par Sauval sur l'année 1421, Tom. III, page 292, dont un article porte; *Grande Maison & Jardin derrière, qui fut à Messire Charles d'Albret, en son vivant Connétable de France, sise en la rue du Four, aboutissant par derrière en la rue des Etuves*. L'Hôtel est aussi placé

Rue du Four dans les Comptes & Regiſtres des Cenſives des Evêques de Paris, des années 1492, 1535, 1575, 1585, 1599, 1601 & autres. Enfin l'Auteur du Mémoire a tort de m'imputer d'avoir *ſuppoſé que l'Hôtel d'Albret avoit été acquis:* car il eſt certain qu'il fut acquis par la Reine Catherine de Médicis, ainſi que tous les Hiſtoriens le diſent; & d'ailleurs les Comptes & Regiſtres des Cens de l'Evêché de Paris le diſent formellement; *de la Reine mère du Roi* (dit celui de 1595) *au lieu de M*[e] *Germain le Picart, pour ſa Maiſon, Cour & Jardin appelé l'Hôtel d'Albret.* Les autres Regiſtres Cenſiers diſent la même choſe.

L'Auteur, fâché apparemment de toutes les ſuppoſitions qu'il a faites pour tâcher de prouver que l'Hôtel de Neſle avoit toujours été dans la rue du Four; ne peut cependant s'empêcher de convenir vers la fin de ſa troiſième Partie, que cet Hôtel étoit dans la rue de Neſle; & pour appuyer cela, il cite un article du Compte de 1573 rapporté par Sauval, dans lequel il eſt dit; *du Grand Hôtel ſis en* LA RUE DE NESLE, *appelé* L'HÔTEL DE BEHAIGNE, *où il y a pluſieurs grandes Cours & Jardins, qui fut à M. le Duc d'Orléans.* Comment peut-on s'expoſer à être dans la néceſſité de ſe donner ainſi des démentis à ſoi-même? MEM. *Hiſtoriq.* p. 87.

Mais l'Auteur du *Mémoire* a cru uſer en cela d'une fineſſe. Il prétend que parce que ce Compte a duré juſqu'en 1573, une partie de l'Hôtel de Neſle, depuis d'Orléans, n'a pu être convertie en Monaſtère en l'année 1497. Cette petite ſubtilité (qui conviendroit mieux dans la bouche d'un Clerc de Procureur que dans celle d'un Hiſtoriographe de la Ville) peut ſe tirer au net en deux mots. Il eſt bien vrai (& tous les Auteurs le diſent) que Louis II, Duc d'Orléans, donna une grande partie de ſon Hôtel à 200 filles nouvellement converties, & que l'Evêque de Paris leur donna des Statuts & Conſtitutions en 1497. Mais il eſt également vrai que la Reine Catherine de Médicis n'*acheta* qu'*en* 1574 *l'Hôtel d'Albret ſitué entre la rue d'Orléans & la rue du Four;* & que cette Reine laiſſa les mêmes Filles Pénitentes dans l'ancien Hôtel de Neſle juſqu'à ce qu'elle *fit démolir leur Monaſtère* pour le convertir en Jardins, après qu'elle eût fait accommoder ſon Hôtel d'Albret, où elle avoit intention d'établir ſa demeure qu'elle rendit plus ſpacieuſe par *pluſieurs acquiſitions qu'elle fit ſur cette dernière rue* (du Four), *ſur celle de Grenelle, des deux Ecus, d'Orléans & des Vieilles-Etuves.*

MEM. de l'Acad. des Bel. Let. T. XXIII. p. 268 & 269 de l'Hiſtoire.

Enfin (& c'eſt heureuſement la dernière objection de l'Hiſtoriographe de la Ville, quant à la troiſième Partie de ſon Ouvrage) cet Auteur entreprend de me critiquer ſur ce que j'ai dit au ſujet des augmentations qui furent faites à cet Hôtel, après la mort de Catherine de Médicis, par la Comteſſe de Soiſſons : *M. Terraſſon,* dit-il, *ſur la ſeule atteſtation des Livres Cenſiers de l'Evêché, entreprend de prouver que cet Hôtel a encore été agrandi du côté des rues du Four & des deux Ecus par Anne de Montafié, Comteſſe de Soiſſons, en* 1600. Mais ſi l'Hiſtoriographe de la Ville avoit voulu lire, ou du moins rendre fidélement ce qu'indubitablement il a

MEM. *Hiſtoriq.* p. 88.

lu dans mon Hiſtoire de l'Hôtel de Soiſſons; il n'auroit pas dit, comme il l'a fait, que je n'ai parlé des agrandiſſemens faits à cet Hôtel par Anne de Montafié, que *ſur la ſeule atteſtation des* Livres *Cenſiers de l'Evêché.* Au contraire il auroit dit, conformément à la vérité, & ainſi qu'il devoit le faire, que j'ai cité ſix contrats des acquiſitions faites par Anne de Montafié dans les rues d'Orléans, des Vieilles-Etuves, du Four, des deux Ecus & des Haches, les 13 Juin 1619, 2 Mai, 14 Juin & 11 Juillet 1623, 4 Avril 1624 & 20 Juin 1631; ſans compter pluſieurs autres acquiſitions qui, quoiqu'on n'ait pas pu en recouvrer les contrats, n'en ſont pas moins réelles, puiſqu'elles ſont juſtifiées par le Regiſtre des Enſaiſinemens faits par Claude le Leu, Receveur de l'Archevêché, leſdits Regiſtres commençans au premier Janvier 1634. L'Auteur du *Mémoire* prétendu *Topographique* finit-là ſa Critique quant à ſa troiſième Partie; comme ſi la poſſeſſion de Cenſive des Archevêques de Paris ſur le même emplacement, eût fini du tems d'Anne de Montafié. Mais je ſuis en état de lui montrer le contraire.

Voy. mon *Hiſt. de l'Hôtel de Soiſſons* p. 92, 93, 94, 95, 96, 97, & 98.

En effet, comme depuis long-tems on n'avoit fait aucun Papier-Terrier de la Ville & Fauxbourgs de Paris, le feu Roi Louis XIV, par une Déclaration du 20 Juillet 1646, nomma des Commiſſaires, & établit une Chambre Souveraine pour travailler à la Confection de ce Papier-Terrier. Mais cet ouvrage ayant ceſſé dès l'année 1660, le même Roi, par Arrêt de ſon Conſeil du 28 Décembre 1666, ordonna que par les Officiers de la Chambre du Tréſor de cette

TERRIER du Roi, de l'année 1700.

Ville, il seroit fait un nouveau Papier-Terrier de la Ville & Fauxbourgs de Paris, ancien ressort & enclaves d'icelle, à la Requête du Procureur du Roi en cette Chambre. En exécution de ces Déclaration & Arrêt du Conseil, il fut procédé à la continuation de ce Terrier à la requête du Procureur du Roi, conjointement avec les Contrôleurs du Domaine, poursuite & diligence du Sieur François Blondeau. L'Auteur du *Mémoire* prétendu *Topographique*, & ceux à qui il a dévoué sa plume, ne peuvent pas dire que le Terrier qui résulta de ce travail leur soit suspect; puisque d'un côté l'Archevêque de Paris qui occupoit alors le Siège, ni personne pour lui n'y parut, & que d'un autre côté cet ouvrage fut entièrement fait par les Trésoriers de France & les Officiers du Domaine.

Quoi qu'il en soit, ces Officiers, après avoir fait lever des Plans de tous les Quartiers, Rues & Maisons de Paris, & avoir obligé tant les Propriétaires des Maisons que les Seigneurs prétendans des Directes & Censives dans la même Ville, à passer des Déclarations, & s'étant fait représenter les anciennes; dressèrent leur Terrier, & firent faire à grands frais différents Plans, dans lesquels ils distinguèrent les diverses Censives par des couleurs différentes, telles que le Bleu, le Rouge, le Verd, le Jaune, &c. Tout ce qui est dans la Censive du Roi, fut marqué par eux en Bleu dans ces Plans; & ils marquèrent en Rouge tout ce qu'il reconnurent être de la Censive de l'Archevêché. Ce Terrier, qui est en plusieurs grands volumes *in-folio* reliés en maroquin rouge, contient en tête de chaque volume, un un de ces Plans, & a été déposé en la Chambre du Domaine, en l'année 1700.

Au premier feuillet du premier Volume de ce Terrier, on trouve d'abord un Avertissement contenant des Observations générales, lesquelles sont suivies d'une Explication du Plan du Quartier du Fauxbourg Saint Honoré. Or, dans cette Explication l'on trouve ces termes : *M. l'Archevêque de Paris a toujours joui du Droit de Censive sur toutes les Maisons & Héritages situés audit Fauxbourg jusqu'au 28 Août 1687, auquel jour s'est passé entre Sa Majesté & lui, un Contrat d'Echange pardevant Lemoine & Baudry, Notaires au Châtelet de Paris, par lequel ledit Seigneur Archevêque a cédé à Sa Majesté toute la Censive qu'il avoit sur toutes les Maisons & Héritages situés dans ledit Fauxbourg, en sortant de la Ville à main gauche, à compter depuis ladite Porte le long du Ruisseau de la grande rue, jusqu'à la fausse Porte dudit Fauxbourg, appelée la Porte d'Argencourt.* Ce premier Volume ne contient que des Enonciations de Maisons échangées, quant à la Censive; les autres, non comprises dans l'Echange, étant restées dans la Censive de l'Archevêché.

Mais le second Volume du même Terrier contient des Enonciations plus relatives à la partie du Quartier Saint Honoré où l'Hôtel de Soissons est situé. En effet, au *fol.* 18 de ce second Volume, il est parlé de la rue des deux Ecus, & à ce sujet on y trouve deux articles conçus en ces termes : *est le Mur du Jardin de l'Hôtel de Soissons, faisant l'autre coin de ladite rue, appartenant à M. le Prince de Carignan.* Le second article porte, *eſt la Chapelle de la Reine, faiſant le coin de ladite rue & de la rue Coquillière, appartenante idem :* & en marge eſt écrit CENSIVE DE L'ARCHEVÊCHÉ.

Enſuite aux *fol.* 26 & 27 du même Volume, il eſt parlé de la rue de Grenelle; & l'énonciation de cette Rue contient trois articles concernant l'Hôtel de Soiſſons, comme étant dans la Cenſive de l'Archevêché. Dans le premier de ces trois articles, qui eſt au *fol.* 26, il eſt dit, *eſt la Chapelle de la Reine, faiſant l'autre coin des ſuſdites rues, dépend de l'Hôtel de Soiſſons,* & en marge eſt écrit CENSIVE DE L'ARCHEVÊCHÉ. Le ſecond article, qui eſt au *fol.* 27, dit, *eſt une Porte cochère de l'Hôtel de Soiſſons :* & le troiſième article porte ces termes, *Maiſon & Boutique faiſant le coin du Cul-de-ſac de l'Hôtel de Soiſſons où elle a ſon Entrée, appartenante à la Veuve Godard, y demeurant aux Pigeons ;* & en marge eſt écrit CENSIVE DE L'ARCHEVÊCHÉ.

Le *fol.* 53 contient un article concernant les Ecuries faiſant partie du même Emplacement; voici cet article: *eſt la petite Porte des Ecuries de l'Hôtel de Soiſſons, & une Porte cochère faiſant le fond du cul-de-ſac:* & en marge eſt écrit CENSIVE DE L'ARCHEVÊCHÉ.

Enſuite le même Terrier, faiſant mention de la rue du Four au *fol.* 59, contient deux articles, l'un relatif au Bâtiment, & l'autre au Jardin : le premier eſt ainſi conçu ; *Maiſon eſt l'Hôtel de Soiſſons faiſant l'autre coin de ladite rue du Four, appartenant à M. le Prince de Carignan :* & le ſecond article dit, *eſt les Murs du Jardin de l'Hôtel de Soiſſons, faiſant le coin de ladite*

Rue des deux Ecus & de celle de Grenelle: & en marge eſt pareillement écrit CENSIVE DE L'ARCHEVÊCHÉ. Enfin, au *fol.* 64 du même Terrier, en parlant de la rue Traînée, eſt un article conçu en ces termes; *Maiſon faiſant le coin de la rue des deux Ecus, appelée l'Hôtel de Soiſſons, appartenante à M. le Prince de Carignan:* & en marge eſt auſſi écrit CENSIVE DE L'ARCHEVÊCHÉ. Voilà donc le Droit de Cenſive de l'Archevêché de Paris ſur la totalité de l'Emplacement de l'ancien Hôtel de Soiſſons, bien reconnu en l'année 1700, tant par les Tréſoriers de France commis par le Roi pour la Confection du Papier-Terrier, que par le Procureur du Roi & les Contrôleurs Généraux du Domaine.

En conſéquence, les Receveurs du Temporel de l'Archevêché continuèrent de percevoir les Droits de cette Cenſive, & d'enſaiſiner, ſans aucun trouble ni empêchement de la part des Officiers du Domaine, ni de tous autres. Lors même que feu M. le Prince de Carignan vendit par contrat du 12 Novembre 1718, au Sieur Boffrand, Architecte des Bâtimens du Roi, tout le Terrein compoſant l'étendue du grand Jardin de l'Hôtel de Soiſſons, enſemble deux Maiſons en dépendantes, ſituées rue des deux Ecus, les Bâtimens de la Chapelle de la Reine, ſituée au coin des rues de Grenelle & Coquillière, les Ecuries, Murs de clôture, & autres dépendances, excepté le gros Corps d'Hôtel; le Sieur Boffrand en paya les Lods & Ventes au Receveur de M. le Cardinal de Noailles, alors Archevêque de Paris, ſans que les Receveurs &

autres Officiers du Domaine s'y ſoient jamais oppoſés.

Ce n'eſt que depuis ce tems-là que, ſans ſavoir eux-mêmes ce que c'étoit que des Foſſés & Remparts (ainſi qu'on en peut juger par les Procès-Verbaux de Viſites qu'ils ont fait faire) ils ont pour la première fois imaginé d'attaquer la Cenſive de l'Archevêché ſur l'Emplacement de l'ancien Hôtel de Soiſſons, ſous prétexte que cet Hôtel s'eſt agrandi aux dépens de l'Enceinte de Paris faite ſous le règne de Philippe-Auguſte, & des Foſſés & Remparts qu'ils ont (très-doctement) placés en dedans du Mur de Clôture, quoiqu'ils euſſent dû être en dehors, s'il y en avoit eu.

Voyons cependant ſi ce ſyſtême a quelque vraiſemblance; car pour de vérité, il ne peut pas en avoir.

RÉPONSE

A la Quatrième Partie du Mémoire *prétendu* Topographique.

C'eſt pour cette quatrième & dernière Partie, que l'*Hiſtoriographe de la Ville* ſemble avoir réſervé ſes plus grandes rêveries. Il entreprend de prouver que *l'Hôtel de Neſle ou de Bohême, appelé depuis l'Hôtel de la Reine & de Soiſſons, s'eſt agrandi ſur le Terrein de l'Enceinte faite ſous le régne de Philippe-Auguſte, Chemins de Ronde, Murs, Foſſés & Remparts.*

J'AI d'abord une Queſtion à faire à l'*Hiſtoriographe de la Ville.* Elle conſiſte à lui demander s'il eſt lui-même bien perſuadé que du tems de Philippe-Auguſte, on fortifiât les Villes, comme on les a fortifiées depuis? Il ne manquera pas de me répondre que oui; & cela par l'intérêt qu'il a, pour le ſoutien de ſon ſyſtême, à ce que de tout tems on ait connu les Chemins de Rondes, Foſſés & Remparts. Je ſuis même ſurpris de ce qu'il n'y a pas mis des rangées de Canons.

Quoi qu'il en ſoit, examinons les choſes dans leur point de vérité. Beaucoup d'Auteurs ont écrit ſur la matière des Fortifications. Nous avons Errard de Bar-le-Duc, Marolois, Stévin de Bruges, Maneſſon,

Mallet, le Maréchal de Vauban & autres, dont les Auteurs de l'*Encyclopédie* nous ont donné des Extraits dans le ſeptième Tome de leur *Dictionnaire raiſonné des Sciences, des Arts & des Métiers*, au mot *Fortification*. Or, ces Auteurs ont fait la diſtinction de la *fortification ancienne* & de la *fortification moderne*: & c'eſt d'après eux qu'il eſt dit dans l'*Encyclopédie*, que *la fortification ancienne eſt celle des premiers tems, laquelle s'eſt conſervée juſqu'à l'invention de la Poudre à Canon*: & qu'*elle conſiſtoit* EN UNE SIMPLE ENCEINTE *de Muraille, flanquée de diſtance en diſtance par des Tours rondes ou quarrées*. Il ſemble que ces Auteurs ayent voulu, par cette définition, nous faire la deſcription de l'Enceinte de Paris faite ſous le règne de Philippe-Auguſte, laquelle ne *conſiſtoit* qu'*en une Muraille flanquée par des Tours de diſtance en diſtance*, ainſi que le diſent tous les Auteurs; les autres Ouvrages des Fortifications n'ayant été inventés que depuis, plutôt même pour les Forteresſes que pour les grandes Villes.

Encycl. T. VII, au mot *Fortification*, pag. 193, col. 1, vers la fin.

En effet, quoiqu'on ne ſache pas préciſément l'époque de l'invention de la Poudre à Canon; il eſt certain que ſon uſage n'eſt pas plus ancien en France, que l'année 1338, c'eſt-à-dire plus de 125 ans après que l'Enceinte de Paris par Philippe-Auguſte eût été achevée. Il n'y avoit par conſéquent aucun REMPART à l'Enceinte de Paris que ce Monarque fit faire; puiſqu'un *Rempart* n'*eſt* qu'*une levée de Terre, qu'on fait autour d'une Place de Guerre pour la défendre, & qui eſt à l'épreuve du Canon*. Or, l'uſage du Canon ne

Furetiere, au mot *Canon*.

Idem, au mot *Rempart*.

ſubſiſtant pas encore, il n'étoit pas néceſſaire de mettre un préſervatif contre ce qui n'exiſtoit pas.

On connoiſſoit encore moins, du tems de Philippe-Auguſte, ce qu'on a appelé par la ſuite CHEMIN DES RONDES; car ce *Chemin eſt ſur la Muraille, entre ſon Parapet & le Rempart.* Or le *Parapet* étant une *défenſe ou couverture de 6 à 7 pieds de haut pour mettre les Soldats & le Canon à couvert des Ennemis;* il s'enſuit que n'y ayant alors aucuns Remparts ni Parapets à l'épreuve du Canon & pour le mettre à couvert, il ne pouvoit pas y avoir de Chemins de Rondes ſur les Murailles, parce qu'ils auroient été trop expoſés, n'y ayant rien ni d'un côté ni de l'autre, qui les garantît. Mais l'*Hiſtoriographe de la Ville* (très-fécond en expédiens) a trouvé le ſecret de mettre ſes *Chemins de Rondes* à couvert; & pour cet effet il les a placés dans l'intérieur & au pied des Murs, afin qu'ils fuſſent mieux garantis. Il y a plus, c'eſt qu'il leur donne *Trois Toiſes* de large, quoiqu'il n'en ait jamais été fait de cette largeur.

Idem, aux mots *Chemins de Rondes & Parapet.*

MÉM. *Hiſtoriq.* p. 115, lign. 12.

En un mot, les fortifications anciennes étoient ſi ſimples & ſi proportionnées aux genres de défenſes qu'il y avoit à faire avant qu'on fît uſage de la Poudre à Canon en France; que ce n'eſt que depuis l'introduction de ſon uſage, qu'on a inventé petit à petit les différens ouvrages des fortifications que nous connoiſſons aujourd'hui. Par exemple, ce n'eſt qu'*à-peu-près vers l'an* 1500 que *l'uſage des Baſtions s'eſt établi*, ainſi que le diſent le Chevalier Folard, le Marquis Maffeï, & autres qui ont écrit ſur la matière des fortifications. C'eſt donc une mauvaiſe fineſſe & un vrai détour de

Encycl. T. VII. pag. 192, col. 1.

la part de l'Hiſtoriographe de la Ville, d'avoir formé à l'occaſion de l'Enceinte de Paris faite par les ordres de Philippe-Auguſte, un ſyſtême de fortification tel (qu'à cela près du Canon qu'il auroit été trop abſurde d'y mettre) on l'auroit formé vers le milieu du règne de Louis XIV. Que cet Hiſtoriographe apprenne donc que l'art des Fortifications a eu ſon origine, ſon enfance qui a été très-longue, ſes progrès & ſa perfection, comme tous les autres Arts.

Quelle route faut-il donc prendre pour connoître au juſte en quoi conſiſtoit l'Enceinte de Paris faite ſous le règne de Philippe-Auguſte? C'eſt de ſuivre les Hiſtoriens contemporains de cette Enceinte, ceux qui l'ont vue quelque tems après, & enſuite ceux qui en ont parlé. Quiconque prendra une autre route, ſe trompera, ou voudra nous induire en erreur.

Mais avant que je ſuive moi-même cette route, l'ordre du *Mémoire* prétendu *Topographique* m'entraîne malgré moi dans une digreſſion plus amuſante qu'utile, au ſujet d'un paſſage latin dont l'Auteur du *Mémoire* fait uſage. Pour prouver que la fortification des Villes & Châteaux par des Tours inexpugnables, n'eſt pas une nouvelle invention ſur l'Art des Fortifications en uſage du tems de Philippe-Auguſte, il cite pour exemple *la Forterefſe du Château de Narbonne, faite par les Comtes de Toulouſe*, & qui (ſelon lui) *avoit ſix mille Marches:* il rapporte même le paſſage latin conçu en ces termes; *SEX MILLIA MARCHARUM ſolvet ad muniendum, infortiandum & cuſtodiendum Caſtrum Narbonenſe:* & pour indiquer d'où il a tiré ce paſſage, il

MÉM. *Topograph.* p. 95, au commencement.

il ne cite autre chose que (CASTELL.) entre deux parenthèses.

Mais cette méprise de l'Auteur du *Mémoire* est singulière, & n'indique pas de sa part une grande intelligence des termes de la basse latinité. Premièrement le mot *solvet*, qui est à la suite de *sex millia Marcharum*, auroit dû lui faire naître plutôt l'idée d'un payement, que de Marches d'Escalier. Secondement ces autres termes, *ad muniendum, infortiandum & custodiendum*, auroient du lui faire penser que ce payement devoit être fait pour raison des munitions, fortifications, & garde du Château de Narbonne. Troisièmement, il auroit dû sentir que des Marches d'Escalier, qui sont toujours en dedans d'un Château ou Forteresse, ne peuvent jamais servir à fortifier le dehors.

Mais d'ailleurs, le mot *MARCHA* ou *MARCHÆ* n'a jamais signifié des Marches d'Escalier. En effet, Ducange dans son Glossaire, cite un Registre de Toulouse conservé à la Chambre des Comptes de Paris, qui contient au Chapitre 70 une Charte d'Aimeric de Châteauneuf, par laquelle on voit que *MARCHA* étoit une Monnoie d'argent fin, *unam Marcham argenti fini*, y est-il dit: & dans un autre endroit, en parlant d'une Monnoie Romaine nommée *Marcha* qui avoit cours en Dauphiné sur le pied de 65 florins, il cite une Charte de l'an 1327 dans laquelle il est dit, & *debeant intrare in MARCHA Curiæ Romanæ sexaginta quinque de dictis florinis, & non plures*. Le Blanc, dans son *Traité Historique des Monnoyes de France*, cite une Charte du Roi Louis le Jeune, de l'an 1148, par

Ducange, aux mots *Moneta septena*, T. IV, col. 901.

Idem, ibidem, colon. 503, aux mots *Marcha Curiæ Romanæ.*

Le Blanc, *Trait. Histor. des Monnoies de France*, p. 150, Edition d'Amsterdam.

laquelle il ordonne à un Abbé de lui tenir prêtes 300 pièces de monnoies d'argent nommées *Marcha: præcepit Abbati, sine ulla dilatione, 300 MARCHAS argenti... sibi præparandas fore.* Enfin dans une Lettre d'un Evêque de Laon au Roi, il est dit, *quadringintas MARCHAS puri argenti .... depositas commisi.* Il est donc certain que le passage latin, dont l'Auteur du *Mémoire* prétendu *Topographique* a jugé à propos d'orner son ouvrage, ne s'appliquoit qu'à une Monnoie de ces tems-là, & non à des Marches d'Escalier. Comment un Historiographe qui veut toujours citer des Titres latins, a-t-il pu faire une pareille bévue? Mais si ce n'est pas la première, ce ne sera pas encore la dernière.

Mém. *Historiq.* p. 94.

A propos de quoi (par exemple) cet Auteur, pour prouver la nécessité de fortifier Paris contre les *Anglois qui*, selon lui, *n'auroient trouvé aucune résistance au pillage de la plus grande partie de cette Capitale;* va-t-il citer la Bataille de Bouvines? Quoi! un Historiographe ne sait pas que cette Bataille (qui ne se donna que trois ans après l'Enceinte de Paris finie) n'étoit point contre les Anglois, mais contre le Comte de Flandre & l'Empereur Othon; & qu'il étoit fort indifférent que *Paris fût alors limitrophe de la Normandie*, ainsi qu'il l'observe; puisque Bouvines, où se donna la Bataille en 1214, étoit un Village situé en Flandre entre Lille & Tournay.

Idem, p. 95.

A la suite de cela, vient une autre petite discussion qui n'est pas savante. L'Auteur du *Mémoire* veut nous persuader que *dire, dans ce tems-là, qu'une Ville, un*

Bourg & un Château étoient bien fortifiés par l'ordre du Roi, ou même par celui d'un haut Seigneur, c'étoit ſuffiſamment énoncer que la fortification conſiſtoit en Murs, Tours & B*ASTIONS dans l'intérieur,* & *en Foſſés* & R*EMPARTS dans l'extérieur; parce que telle étoit alors la forme des Fortifications, &c.* Ma réponſe à cette téméraire allégation ſera courte. Puiſque l'Auteur du *Mémoire* prétend qu'en 1190, tems où l'Enceinte de Paris par Philippe-Auguſte fut commencée, la forme des fortifications étoit alors d'y mettre des *Baſtions* & des *Remparts;* je ſomme & interpelle cet Auteur de me citer un ſeul Titre ou autres ouvrages de ce tems-là, où il ſoit fait mention de *Baſtions* & de *Remparts:* ſinon, il faut qu'il abandonne ſon ſyſtême imaginaire ſur l'Enceinte de Paris faite ſous le règne de Philippe-Auguſte. Au ſurplus, s'il avoit été un peu plus au fait, qu'il ne l'eſt, des fortifications, il n'auroit pas placé les prétendus *Baſtions* dans l'intérieur, & les prétendus *Remparts* dans l'extérieur; puiſque les Baſtions (qui ſont entièrement de fortification moderne) ne ſont autre choſe qu'un gros amas de terre, revêtu de brique ou de pierre, ou de terre, ou de gazon, qui s'avance d'un Rempart dont il fait partie, & qui a deux faces ou deux flancs.

Furetiere. Dict. de l'Acad. Manuel Lexique de l'Abbé Prevôt, au mot *Baſtion.*

Pour ce qui eſt des foſſés, l'invention peut en être ancienne, ne fût-ce que pour empêcher ou retarder l'approche des ennemis; mais on n'en mettoit guères que dans ce qu'on appelle Places de Guerre ou Châteaux, & non dans ce qu'on nomme Villes Murées, ſi ce n'eſt dans certains cas, & lorſque le beſoin l'exigeoit. L'Auteur du *Mémoire* prétendu *Topographique*, en s'efforçant toujours de prouver que l'Enceinte de Paris commencée en 1190 fut alors accompagnée de fossés, cite en preuve de cela un passage de Dom Luc d'Achery, Tome III, pages 116 & 117, qui prouve que ce n'est que du tems du Roi Jean, qui ne commença à régner qu'en 1350 (c'est-à-dire 139 ans après l'Enceinte finie) qu'on mit autour des Murs dans les parties orientales & occidentales seulement, de la Ville de Paris, des fossés, quoiqu'il n'y en eût jamais eu auparavant; *fossata circà Muros ad partem occidentalem, & circà Suburbia ad partem orientalem, quia* NULLA IBI ANTEA *fuerant, facientes*. Je remercie l'Auteur du *Mémoire*, de m'avoir administré cette citation, qui démontre clairement que l'Enceinte de Paris faite sous le règne de Philippe-Auguste, ne fut alors accompagnée d'aucuns fossés, même des côtés des parties orientale & occidentale; & que ce ne fut qu'environ 140 après, qu'on fit des fossés dans les mêmes parties orientale & occidentale seulement. Encore ces fossés ne furent-ils que momentanés, relativement à ce que le Roi de Navarre, aidé d'un Parti qu'il s'étoit formé dans Paris, avoit entrepris de livrer cette Ville aux Anglois par la Porte Saint Antoine en 1358; puisque j'ai prouvé que les Blancs-Manteaux obtinrent en 1403 une Tour & une partie des anciens Murs pour aller & venir à des Maisons qu'ils avoient au-delà des mêmes Murs, lesquels ils avoient eu la permission de faire percer à cet effet dès l'année 1354.

MÉM. *Topogr.* p. 96, lig. 21.

Mais cessons de répondre aux objections vaines &

frivoles, par lesquelles l'Auteur du *Mémoire* affecte toujours de nous détourner du véritable objet dont il s'agit : & renfermons-nous dans l'examen de ce que les Auteurs contemporains de Philippe-Auguste, & ceux qui ont vécu depuis, disent au sujet de l'Enceinte de Paris qui fut faite par ordre de ce Monarque.

L'Auteur de ce *Mémoire* convient qu'*il est des Historiens & des Jurisconsultes fort savans & fort éclairés, qui soutiennent formellement l'INEXISTENCE de ces Fossés & Remparts du côté septentrional de cette Ville.* L'inexistence de ces Fossés & Remparts du côté septentrional de Paris, n'est donc pas une nouveauté que je soutiens; puisque *des Historiens & des Jurisconsultes fort savans & fort éclairés,* l'ont soutenue avant moi. Voyons comment l'Auteur du *Mémoire* écarte des sentimens aussi respectables. MÉM. *Historiq.* p. 97, lig. 21.

Il cite d'abord l'exemple du fameux Château des Bagaudes, de celui de Haute-Feuille, des Abbayes de Saint Germain-des-Prés & de Saint Germain l'Auxerrois, de l'Hôtel de Nesle près la Porte de Bussy, & du Louvre : car l'Auteur s'écarte toujours dans des objets étrangers, & recule d'entrer en matière sur celui dont il s'agit, & auquel cependant il faudra bien qu'il revienne. *Idem*, pag. 98, 99 & 100.

Mais l'Auteur n'y a pas pensé, lorsqu'il a fait une pareille remarque : car en supposant (comme il le soutient) que tous les Châteaux qui entouroient Paris fussent munis de Fossés, c'est une raison de plus pour qu'il n'ait pas été nécessaire d'en faire au Mur de Clôture de la Ville, qui étoit suffisamment garanti par les Châteaux qui l'entouroient en dehors. Mais enfin ce Mur de Clôture a-t-il eus des Fossés, ou n'en a-t-il pas eus? C'est un point de fait qui ne s'établit pas par des similitudes & des comparaisons, mais uniquement par le témoignage tant des Auteurs contemporains qui ont vu faire ce Mur de Clôture, & de ceux qui depuis l'ont vu existant, que de ceux qui en ont encore vu les restes. Voilà donc (sans compter quelques Titres particuliers que nous placerons en leur lieu) trois classes d'Historiens à consulter.

Commençons par la première, en tête de laquelle se trouve RIGORD, Historiographe de Philippe-Auguste & son contemporain. Personne n'a mieux connu que lui cette Clôture, puisqu'il la vit faire en entier, & qu'il nous apprend même qu'elle fût entièrement achevée en peu de tems, *quod brevi temporis elapso spatio completum vidimus.* Cet Auteur distingue entre l'Enceinte que Philippe-Auguste fit faire à Paris, *Civitas Parisii,* d'avec les fortifications qu'il fit faire dans d'autres Villes, *alias Civitates,* Forteresses & Villes frontières, *oppida & Municipia Regni.* Il dit que ces dernières furent fortifiées par des Tours inexpugnables, *Muris & Turribus inexpugnabilibus munivit.* Mais, quand il nous parle de l'Enceinte de Paris, il ne la fait consister que dans un bon Mur, *Muro optimo,* accompagné de Tourelles bien symmétrisées, *in Tornellis decenter aptatis,* & dans lequel il y avoit des Portes pour l'exactitude de la Clôture, *& Portis diligentissimè Clauderetur;* mais il ne dit pas un mot des prétendus Fossés; & la raison, pour qu'il n'y en eut point, est bien sensible:

c'eſt que Paris étant alors défendu par tout ce grand nombre de petits Châteaux qui l'entouroient en dehors, & à chacun deſquels l'*Hiſtoriographe de la Ville* convient qu'il y avoit des Foſſés; ç'auroit été perdre inutilement du terrein & faire un double emploi, que de mettre encore d'autres Foſſés en dehors du Mur de Clôture de la Ville. D'ailleurs à quoi auroient ſervi toutes les Portes dont ce Mur de Clôture fut accompagné? Seroit-ce pour aider tous les Habitans de Paris à ſe précipiter dans les Foſſés chaque fois qu'ils auroient voulu ſortir de la Ville?

Idem, pag. 98, 99 & 100.

Les autres Villes, *alias Civitates*, Fortereſſes & Villes frontières, *Oppida* & *Municipia*, non-ſeulement avoient beſoin de ſe défendre par elles-mêmes & d'avoir des Foſſés, étant ſouvent fort éloignées d'autres Châteaux qui auroient pu les garantir, s'ils avoient été plus proches : mais encore elles devoient ſervir à garantir les grandes Villes juſqu'à la Capitale. Mais cette Capitale n'avoit pas beſoin de tout cela. Paris qui étoit alors dans le cœur du Royaume, comme il y eſt aujourd'hui, étoit défendu au loin par les frontières; & auprès, par tous les Châteaux forts dont il étoit entouré. Auſſi voyons-nous que dans les grandes Guerres qui depuis ce tems-là ont affligé le Royaume, on y a fait (ſelon les occurrences) de petites fortifications, mais qu'on n'y en a jamais fait de grandes, telles qu'on les fait dans les Places de Guerre. Quelle manie donc a-t-il pris aux Receveurs-Généraux du Domaine de vouloir abſolument, au bout de plus de 550 ans, ſuppoſer des Foſſés à une Enceinte, pendant que tous leurs Prédéceſſeurs, en remontant aux ſiècles les plus éloignés, n'y en ont jamais vu; & que d'ailleurs Rigord, Hiſtorien contemporain qui nous a décrit cette Enceinte, n'y a jamais apperçu de Foſſés.

GUILLAUME LE BRETON, autre Auteur contemporain du Roi Philippe-Auguſte, dont il étoit Chapelain, n'a également vu aucuns Foſſés à cette Enceinte: *Eodem tempore*, dit-il, *anno* 1190, *de mandato Regis Philippi, quod in ſuo receſſu dederat, erecti ſunt Muri in Circuitu Civitatis Pariſiacæ, à parte boreali uſque ad Fluvium Sequanæ, cum Turellis & Portis decentiſſimè aptatis.* Voilà donc les deux Hiſtoriens contemporains de Philippe-Auguſte qui s'accordent à ne trouver dans l'Enceinte de Paris faite par ordre de ce Monarque, qu'un Mur accompagné de Tourelles & de Portes bien ſymmétriſées: & j'oſe dire que deux autorités de ce genre, ſuffiroient ſeules pour détruire les prétendus Foſſés.

Mais, un de ces deux Auteurs nous inſtruit d'ailleurs des motifs qui engagèrent Philippe-Auguſte à faire faire cette Enceinte, & de l'objet pour lequel elle fût faite. Le motif fut, que ce Prince aimoit beaucoup ſa Ville de Paris, *quam Rex multùm diligebat;* & ſon objet, en engageant les Habitans de cette Ville à ſacrifier une partie de leurs vignes pour faire de nouvelles conſtructions, fut pour qu'elle parût remplie de Maiſons juſqu'aux Murs, *ut tota Civitas uſque ad Muros plena Domibus videretur.*

GUILLAUME DE NANGIS, qui n'étoit pas tout-à-fait contemporain de Philippe-Auguſte, mais qui vivoit ſous

ſous le règne de Saint Louis, dont il a écrit la vie, parle de l'Enceinte de Paris faite par Philippe-Auguſte, & n'y a également vu que des Murs, *Muris fortiſſimis præcingens.*

En vain l'Auteur du *Mémoire* prétendu *Topographique* affecte-t-il toujours de déranger la ſuite de mes preuves par des objections étrangères à l'objet. Celle qu'il tire du Continuateur de Nangis, n'entraînera pas une longue diſcuſſion. Premièrement, n'ayant rapport qu'au règne du Roi Jean, qui ne commença que 150 ans après, pluſieurs choſes pouvoient avoir changé de face. Mais d'ailleurs, dans ce paſſage il n'eſt queſtion que des Foſſés qui entouroient le Monaſtère de Notre-Dame des Champs, *versùs Noſtram-Dominam de Campis, & circà Monaſterium, &c.*, ce Monaſtère étant alors éloigné de la Ville de Paris, dans laquelle (pour ainſi dire) il n'eſt pas encore, étant même actuellement au-delà de la Barrière des Carmes-Déchauſſés : & il eſt certain que dans ces tems-là les Monaſtères qui étoient ſur le chemin des grandes Villes, étoient entourés de Foſſés, comme les Châteaux. Mais il eſt dit que, quand les François virent que les Anglois vouloient s'approcher de Paris, ils coururent à leurs Murs, *ad Muros currerunt, qui ad hoc fuerant ordinati;* c'eſt-à-dire, des Murs momentanés qu'on conſtruiſit pour empêcher les Anglois d'approcher, mais qu'on démolit enſuite.

MÉM. *Topographique*, p. 102.

La citation que l'Auteur fait après cela du *Gallia Chriſtiana*, Tome VII, page 3, ſe rétorque contre lui; car lorſqu'il dit que Philippe-Auguſte fortifia Paris du

Idem, p. 103.

côté septentrional, on ne trouve rien de cela dans le passage qu'il cite; & l'on y voit au contraire que cette fortification fut faite de l'autre côté de la Seine vers l'Université, *ad alteram Sequanæ partem Universitati.* D'ailleurs, en examinant le cours de l'Enceinte qu'il forme, on voit que l'Hôtel de Nesle dont il est parlé dans le passage du *Gallia Christiana*, doit être nécessairement celui qui étoit à l'endroit où l'Hôtel de Conti a été depuis; *curavit Murum, Fossas & aggeres circumduci à Porta Sancti Bernardi ad Portam Sanctorum Victoris, Marcelli, Jacobi, Michaelis, Germani de Buciaco, de Nigella propè Fluvium, versus occidentem.*

Ensuite, jusqu'à la page 107, l'Auteur du *Mémoire* rapporte les autorités de Dubreuil, Malingre & autres, qui prouvent que dans des tems postérieurs à Philippe-Auguste, & suivant les circonstances & le besoin, on fit des Fossés momentanés dans certains endroits de la Ville de Paris : mais, pas le moindre mot qui dise que ce fut dans la partie septentrionale. Or comme l'Enceinte de Philippe-Auguste dans la partie septentrionale de Paris, est le point dont il s'agit; donnons des preuves de fait qui achèvent d'établir qu'il ne fut point fait de Fossés dans cette partie de la même Enceinte.

J'ai déja fait voir que Rigord, Guillaume le Breton, & Guillaume de Nangis, ne virent dans toute l'Enceinte dont il s'agit, qu'un Mur accompagné de Portes & de Tourelles bien symmétrisées. Jean BOIVIN ou Bauyn qui vivoit en 1327, & dont le Manuscrit est dans la Bibliothèque de St Victor, ne fait pareillement mention que d'un Mur accompagné de Portes & de Créneaux; *civibus Parisiensibus*, dit-il, *in recessu præcepit* (*Philippus*) *ut urbs Parisiensis, quam præ cæteris & merito diligebat, clauderetur bono Muro cum Carnellis & Portis: opus in brevi factum est.*

Ce défaut d'existence de Fossés à la Clôture de Paris faite par ordre de Philippe-Auguste, se prouve & se confirme encore par trois Titres. Je n'ai qu'une indication du premier; mais les deux autres sont imprimés dans nos livres. On n'a point encore oublié à l'Académie des Inscriptions & Belles-Lettres, que feu M. Bonamy y avoit fait lecture de plusieurs recherches qu'il avoit faites sur les diverses Enceintes de Paris, & l'on a même prétendu que la Minute de cet ouvrage lui avoit ensuite été soustraite. C'est sans doute, en faisant ces recherches, qu'il avoit découvert les Lettres par lesquelles le Roi Philippe V, dit le Long, avoit permis à Jean le Mire, Bourgeois, qui avoit sa Maison rue du Jour près Saint Eustache, *joignant les Murs de la Ville, de les percer, & d'y faire une Porte pour entrer* ET SORTIR *à pied ou à cheval, toutes les fois qu'il le jugeroit à propos. Mais,* ajoute-t-il, *comme la permission ne porte pas qu'il fera construire un Pont sur les Fossés ou qu'il les comblera, j'en conclus qu'il n'y en avoit point; & ce fait vient à l'appui de celui que vous citez des Blancs-Manteaux.* M. Bonamy avoit raison; car ce Titre que je ne cite que sur l'autorité de sa Lettre, achève de faire voir qu'il n'y avoit point de Fossés qui accompagnassent le Mur de la Clôture de Paris du côté septentrional.

Lettre de M. Bonamy, du 7 Avril 1769.

Mais bien plus : c'eſt qu'il n'y en avoit point dans ce qu'on appelle aujourd'hui le Marais, où cependant ce Mur de Clôture paſſoit ; & la preuve en eſt écrite dans deux actes que Félibien rapporte dans ſon *Hiſtoire de Paris*. Le premier de ces actes, eſt des Lettres du Roi Philippe de Valois, datées de Paris au mois d'Août 1334, & par leſquelles il permet aux Religieux Blancs-Manteaux de percer le Mur de la Ville : *Nous ont ſupplié*, y eſt-il dit, *que de notre congié ils puſſent percer le Mur des Clôtures de Paris, derrière leur Cloître, & y faire une Huiſſerie par où le Peuple peuſt aller & venir à leur Egliſe, & pour eulx aiſer d'aucunes Maiſons que il ont outre ledit Mur, leſquels ſont moult néceſſaires pour cauſe de l'eſtrécité & petit eſce de leur lieu* QUI EST JOIGNANT AUDIT *MUR, &c.* Nulle mention dans tout cela de Foſſés, encore moins de Remparts, quoique cette permiſſion aït été accordée du conſentement du Prevôt de Paris & du Procureur du Roi : cela prouve même que la Maiſon des Blancs-Manteaux étoit *joignante audit Mur* de Paris.

Voyez ma *Diſſertation ſur l'enceinte de Paris par Philippe-Auguſte*, pag. 134 & ſuivantes.

L'Hiſtoriographe de la Ville fait une ſingulière objection contre ce Titre, qui le contrarie. Il prétend que la défenſe de la Ville exigeoit qu'il y eut UN CHEMIN DE RONDE le long des Murs : & d'où tire-t-il la preuve de l'exiſtence de ce prétendu *Chemin de Ronde ?* C'eſt de ce que le Continuateur de Nangis dit que ſous le règne du Roi Jean, & par conſéquent dans le tems des Guerres contre les Anglois, les Pariſiens perdirent non-ſeulement les Maiſons qu'ils avoient bâties en dehors des Murs, *Exteriùs ;* mais encore celles qu'ils avoient bâties en dedans des Murs *intrà Mænia*, & celles qui étoient jointes aux Murs, & *illas quæ Muris ab infrà jungebantur;* le tout afin qu'entre leurs demeures & lesdits Murs, il y eut un Passage & un Chemin, *ut inter ipsorum habitaculum, & dictos Muros, ADITUS FIERET ATQUE VIA.* Mais ce passage que l'Historiographe de la Ville cite, est contre son propre systême. Premièrement il en résulte que les Parisiens avoient des Maisons hors des Murs, en dedans des Murs, & joignant les Murs, ainsi que cela se trouve conforme aux Lettres de Philippe de Valois de l'année 1334 que je viens de citer. Mais d'ailleurs, comment cet Historiographe a-t-il pu faire ce qu'il appelle *Chemin de Ronde*, d'un Chemin pratiqué en dedans du Mur & au pied du Mur; pendant que le *Chemin de Ronde* doit être en dehors, *sur la Muraille, entre son Parapet & le Rempart?* Ce n'étoit donc pas la peine que l'Historiographe de la Ville interrompit mes preuves, pour citer un passage qui se rétorque contre lui dans tous les points. Je continue mes preuves.

Furetiere aux mots *Chemins de Rondes.*

Quoique celle que j'ai tirée des Lettres de Philippe de Valois de l'année 1334, en faveur des Blancs-Manteaux, soit bien décisive; en voici encore une autre en faveur des mêmes Religieux, qui est au moins aussi concluante. C'est un Arrêt de la Chambre des Comptes & Tréforiers de Paris, de l'an 1403, qui donne à Rente aux Blancs-Manteaux une Tour & partie des anciens Murs de la Clôture de la Ville joignant leur Monastère. Par cet Arrêt, ainsi que par les Requêtes qui y sont visées, on voit que cette Tour & cette partie de

Murs sont donnés à Rente aux Blancs-Manteaux, en considération de ce que *de tous tems leur Eglise & leurs autres Habitations ont été & sont* JOIGNANTES, SANS AUCUN MOYEN, DES ANCIENS *MURS & fermeté de la Ville de Paris.* Le rapport qui fut fait par les Experts, pour parvenir à l'estimation de cette Tour & portion des anciens Murs qu'il s'agissoit de donner à Rente, prouve que la Maison des Blancs-Manteaux étoit d'*une part, tenant, joignant & aboutissant tout au long d'iceux anciens Murs, & d'autre part à la Porte Barbette qui est esdits anciens Murs.* La Porte Barbette & les anciens Murs qui y tenoient, faisoient, suivant tous les Auteurs, partie de la Clôture de Philippe-Auguste. Ainsi étant certain que les Maisons tenoient à cette Clôture *sans aucun moyen;* il s'ensuit indubitablement qu'il n'y avoit point de Fossés, ni Chemins de Rondes entre les Maisons & les Murs de cette Clôture.

Les Historiens Modernes, tant du seizième siècle que de nos jours, s'accordent avec les Historiens contemporains de Philippe-Auguste, avec ceux qui ont suivi, & avec les actes que je viens de citer, pour ne trouver dans cette Enceinte qu'un Mur de Clôture, non accompagné de Fossés.

DU TILLET dans sa *Chronique des Rois de France,* sur l'année 1190, dit simplement que Philippe-Auguste *fit clore de Murailles une grande partie de la Ville de Paris.* Peut-être cet Auteur fait-il cette restriction avec connoissance de cause; attendu qu'il nous a montré par son ouvrage (& ce dont chacun convient) que personne n'a été plus instruit que lui des Titres de la Chambre des Comptes, avant qu'une grande partie en eut été brûlée. Mais il ne fait mention d'aucuns Fossés.

MÉZERAI, *Abrégé Chronologique de l'Histoire de France*, dans la vie de Philippe-Auguste, en parlant de ce Roi, sur l'année 1190, s'exprime d'une manière plus positive contre les prétendus Fossés : *Il* (Philippe-Auguste) *ordonna*, dit-il, *aussi aux Echevins de Paris, qu'ils prissent soin de le renfermer de Murailles, qui fussent flanquées de Tours : il n'y fut point fait de Fossés pous lors : la Clôture du côté droit de la Rivière a été souvent agrandie & changée.*

Le Père DANIEL, dans son *Histoire de France*, sur l'année 1223, dit en parlant du même Roi, qu'il *fit paver Paris*, qu'*il l'orna, & l'augmenta de beaucoup, en faisant entourer les Fauxbourgs de Murailles.* Il fait même la description du contour de cette Enceinte, sans dire en aucune manière qu'elle fut accompagnée de Fossés.

Le Père DE MONTFAUCON, dans ses *Monumens de la Monarchie Françoise*, Tome II, sur l'année 1190, dit aussi en parlant du Roi Philippe-Auguste, que ce Monarque *donna ordre qu'on bâtit des Murs autour de la Ville de Paris du côté du septentrion, avec des Tours d'espace en espace :* ensuite de quoi, répétant sur l'année 1211 ce qu'il avoit dit au sujet de l'Enceinte de Paris, il ajoute que par-là *le Roi Philippe .... agrandit beaucoup* cette Ville, *y renfermant bien des Champs & des Vignes de l'un & de l'autre côté de la Rivière, &* qu'*il obligea les Possesseurs de ces Champs & Vignes d'y bâtir des Maisons pour les louer.*

Parmi plusieurs autres autorités que je pourrois encore rapporter; je finirai par celle de SAUVAL qui, de l'aveu de tous les Connoisseurs, a plus approfondi que qui que ce soit, les *Antiquités de Paris*, non-seulement d'après les meilleurs Auteurs, mais encore d'après les Titres qu'il avoit vus, & les Monumens qu'il avoit lui-même visités. Voici la manière dont il s'explique, tant sur l'Enceinte de cette Ville, faite par les ordres de Philippe-Auguste, que sur les Enceintes postérieures. *Depuis le règne de Philippe-Auguste*, dit-il, *jusqu'à la Prison du Roi Jean, ce grand cercle de Murailles servit d'un côté de Mur mitoyen, tant aux Maisons des Particuliers, qu'aux Hôtels des Grands Seigneurs, & des Monastères, & de l'autre côté à leurs Clos & Jardins, à leurs Séjours ou Maisons de Plaisance. Mais ensuite*, continue-t-il, *Philippe-le-Bel & ses Successeurs leur permirent d'OUVRIR DES PORTES DANS LES MURS DE LA VILLE, pour y passer sans s'incommoder.* Les exemples que j'en ai cités, viennent à l'appui de ce que cet Auteur vient de dire. Mais ensuite il s'explique d'une manière encore plus positive contre les prétendus Fossés de l'Enceinte de Philippe-Auguste, lorsqu'en parlant des Enceintes postérieures, il dit : *de tout ceci il est aisé de voir que la troisième Clôture de Paris fut bien différente des deux premieres, puisque Philippe-Auguste & ses prédécesseurs, firent des murailles sans fossez; & tout au contraire, qu'à celle-ci, Marcel* (c'étoit le Prevôt des Marchands) *avec ceux de Paris & Charles V, firent des fossez sans Murailles, n'ayant pas le loisir de faire tous les deux en même tems.*

Sauval *Antiq. de Paris*, tom. I. pag. 37.

Idem, ibidem. p. 41.

Or

Or, quand tous les Hiſtoriens, dont deux contemporains de Philippe-Auguſte, deux autres qui ont vécu peu d'années après, deux Titres émanés de deux de nos Rois qui ont vécu immédiatement enſuite, un Arrêt de la Chambre des Comptes, & cinq autres Hiſtoriens plus modernes, ſe réuniſſent pour ne trouver qu'un Mur de Clôture accompagné de Tourelles de diſtance en diſtance, dans l'Enceinte de Paris faite par les ordres de ce Monarque; comment a-t-on pu entreprendre, plus de cinq cens cinquante ans après, de trouver dans cette Enceinte, des Foſſés & même des Remparts que perſonne, dans aucuns tems, n'y avoit jamais apperçus.

Le même Auteur finit la quatrième Partie de ſon ouvrage, par parler des *Plans de Paris.* Il ne fait mention que de deux, quoiqu'il y en ait un bien plus grand nombre : encore des deux qu'il cite, il met le plus nouveau le premier, & le plus ancien le dernier. Moi, qui ne ſuis pas accoutumé à déranger l'ordre chronologique des choſes, je parlerai du plus ancien de ces Plans, avant que d'en venir au nouveau.

OBSERVATIONS ſur les Plans de Paris.

Le plus ancien Plan que nous ayons de notre Capitale, eſt celui donné au Public par *d'Heulland,* qui l'a fait graver d'après celui qui eſt à la Bibliothèque de St Victor, lequel eſt le même que celui qui eſt à l'Hôtel de Ville de Paris ſur une Tapiſſerie qui avoit autrefois appartenu à la Maiſon de Guiſe. Quoique rien ne nous indique la date préciſe de ce Plan, je le crois fait du tems de François I, & même antérieurement; attendu qu'on y voit un Ecu de France, ſurmonté d'une Couronne non fermée, avec le Collier de l'Ordre de Saint Michel ; & l'on sçait que ce n'est que depuis François I que nos Rois ont porté la Couronne fermée. D'ailleurs l'Ordre de Saint Michel qui donna naissance au Collier de ce nom, est bien antérieur à François I, puisque cet Ordre fut institué par le Roi Louis XI en 1469. Cependant le Plan dont il s'agit, passe pour avoir été fait sous le règne de Charles IX ; & je n'ai pas envie de contredire cette époque, quoiqu'elle ne me paroisse pas fondée. Au surplus ce Plan est très-bon, & il a même le bonheur d'être adopté par l'Auteur du *Mémoire* prétendu *Topographique*, qui convient que l'*Enceinte de Paris sous Philippe-Auguste y est très-bien désignée du côté du Port Saint Paul ;* & que, *quoique* le reste de la même Enceinte *ne soit pas aussi clairement marqué, on y voit néanmoins des restes de Tours de cette Clôture entre les rues de la Plâtrière & de Grenelle, la rue du Séjour & celle d'Orléans.* Voilà ce qu'il nous faut ; voyons à présent ce que cette Enceinte nous apprend.

MÉM. *Topographique*, p. 110.

L'Auteur des Notes sur ce Plan nous fait d'abord remarquer, que *cette Enceinte septentrionale* de Philippe-Auguste *n'a jamais été environnée de Fossés ;* & effectivement, dans ce Plan, l'on ne voit aucuns Fossés à la même Enceinte. Il nous fait *faire* ensuite *attention au Monastère des Filles Repenties,* qui fut *bâti entre la rue de Grenelle & la rue d'Orléans : c'étoit* (dit-il) *sur cet Emplacement qu'étoit auparavant construit un Hôtel connu sous les noms de Nesle, de Bohême & d'Orléans ;* & si l'on consulte le Plan même, on y verra la même position & la même confrontation.

M. Bonamy dans sa *Description Historique & Topographique de l'Hôtel de Soissons*, donne la même position à l'Hôtel de Nesle ou de Bohême; *l'Hôtel de Bohème* (dit-il) *étoit renfermé entre la rue de Nesle & l'Enceinte de Philippe-Auguste du côté de la rue de Grenelle.* Il nous apprend ensuite que Louis d'Orléans *obtint* du Roi *Charles VI* son frère, *un ordre pour la destruction de l'Enceinte de Philippe-Auguste, qui fut abbatue* de ce côté-là; *à la réserve d'une partie qui tenoit à la Porte de Bahaigne ou Coquillière, & de deux Tours du côté de la rue Saint Honoré.* Il ajoute & répète même en plusieurs endroits que l'*Hôtel d'Albret* acquis par Catherine de Médicis en 1574, étoit *situé entre la rue d'Orléans & la rue du Four.* Ainsi (quoiqu'en dise l'Historiographe de la Ville) les Plans dont j'ai accompagné mon *Histoire de l'Emplacement de l'Hôtel de Soissons*, sont bons; puisque j'ai placé la Porte d'entrée de l'Hôtel de Nesle ou d'Orléans, dans la rue de Nesle; & l'Hôtel d'Albret dans la rue du Four. Mon placement n'est donc pas *ridicule*, comme l'*Historiographe de la Ville* l'a prétendu: & si, dans le premier de mes Plans, j'ai ajouté un petit Hôtel de Nesle donnant sur la rue de Grenelle, une Grange de Nesle donnant sur la rue Coquillière, & une petite ruelle de Nesle entre deux; c'est parce que j'ai trouvé tout cela bien détaillé dans les anciens Terriers de l'Archevêché: monumens, dont tout autre Historiographe que celui de la Ville, feroit beaucoup de cas, s'il vouloit nous donner une Topo-

Hist. de l'Acad. des Belles-Lettr. T. XXIII. p. 267.

Idem, p. 268.

MÉM. *Topographique* p. 10.

graphie vraie, exacte & bien complette, de la Ville de Paris.

L'Historiographe de la Ville cite un *nouveau Plan* de Paris, fait, dit-il, par un Géographe nommé *Robert de Vaugondy*. Je ne connois point ce Plan, qui n'est pas fort renommé, & qui vraisemblablement n'a rapport qu'au nouvel état de cette Ville. Mais, si celui qui en est l'Auteur a mis dans son *Mémoire* sur les accroissemens de Paris, que c'est seulement sous le règne de Louis XIV qu'ont été comblés les restes des Fossés de l'Enceinte de Philippe-Auguste, c'est une furieuse méprise de sa part; puisque d'un côté il est certain qu'il n'y a jamais eu de Fossés à cette Enceinte du côté septentrional, & que d'un autre côté cette portion de l'Enceinte de Philippe-Auguste étoit détruite dès le tems du Roi Charles VI. Mais M. Bonamy nous indique un autre Plan dessiné en 1650 par un nommé Gomboust, *lequel Plan* (dit-il) *est devenu rare, & dont l'exactitude fait le mérite:* ce Plan représente l'*état où cette Maison* (l'Hôtel d'Albret) *étoit depuis que Catherine de Médicis* en eût fait l'acquisition; & M. Bonamy nous a donné à la fin de son Ouvrage, la partie de ce Plan qui concerne l'Emplacement de cet Hôtel.

Outre ces Plans modernes, il y en a encore plusieurs autres; & l'*Historiographe de la Ville* n'auroit pas dû oublier celui qui est à la tête du premier Volume du Terrier du Roi, déposé à la Chambre du Domaine de Paris; par lequel il est prouvé, de la part même des Officiers du Domaine, que la totalité de l'Emplacement de l'ancien Hôtel de Soissons est dans la Censive de l'Archevêché de Paris, & non dans celle du Roi.

Au surplus, cette reconnoissance faite par les Officiers du Domaine en l'année 1700, est conforme à ce qui s'est passé depuis le commencement de la Monarchie jusqu'à présent, à l'égard de l'Archevêché de Paris. Cet Archevêché (anciennement Evêché) a été fondé par nos premiers Rois, qui ont compris dans leur fondation un certain espace de terrein dans les environs de l'ancienne Cité de Paris, lequel espace fut nommé en conséquence *Terra Episcopi Parisiensis*, ainsi que les Titres le portent. Les Evêques de Paris, propriétaires de ces Terreins, en auront vraisemblablement cédé des portions à différens Particuliers, à la charge d'un Cens & de fonds de Terre, ainsi que la plupart des Censives se sont formées. Cette Censive s'étant étendue par succession de tems aux dépens de leur propre Terrein; plusieurs de nos Rois, entr'autres St Louis, Charles VI & Louis XII l'ont confirmée & reconnue, soit par Titres, soit par des payemens réels; sans qu'aucuns des Rois leurs Successeurs, ni même les Officiers du Domaine, encore moins ceux de la Ville, ayent jamais entrepris d'y troubler les Evêques & Archevêques de Paris qui en jouissent depuis environ 550 ans, sans aucune interruption, pas même dans les tems de Troubles. Ainsi, je crois qu'en faisant l'Histoire de l'Emplacement de l'ancien Hôtel de Soiſſons, j'ai pu parler de la Cenſive appartenante à l'Archevêché de Paris ſur cet Emplacement, comme d'une des mieux établies qu'il ſoit poſſible de trouver.

Fin de la Réfutation.

OBSERVATIONS

Sur les Pièces *intitulées* Justificatives.

OBSERVATIONS

Sur les Pièces *intitulées* Justificatives, *qui sont à la suite du* Mémoire Historique & Critique sur la Topographie de Paris.

LORSQU'UN Auteur donne à la suite de son Ouvrage un Recueil de *Pièces* qu'il intitule *Justificatives*; le Lecteur s'attend à y trouver la preuve des faits que l'Auteur avoit avancés. Par exemple, le systême de l'Historiographe de la Ville, paroît consister principalement, en ce que cet Historiographe soutient que l'Eglise de Saint Germain l'Auxerrois étoit une Abbaye dont les Evêques de Paris avoient autrefois usurpé les Biens, la Justice & tous les Droits en dépendans. Voilà une grande idée, fort facile à présenter, & encore plus facile à saisir. Mais, où sont les Titres qui prouvent, 1°. l'Existence de cette prétendue Abbaye, 2°. l'Usurpation prétendue faite de ses Biens & de ses Droits?

Pour ce qui est d'abord de l'Existence de cette prétendue Abbaye, il n'en est parlé nulle part, pas même dans les Pièces du Recueil de l'Historiographe; si ce n'est une seule fois, dans une Bulle du Pape Benoît VII, qui n'a aucun rapport à Saint Germain l'Auxerrois; & dans laquelle ce Pape donne, comme en passant, le Titre d'*Abbaye* à cette Eglise, comme il le donne à quelques autres Eglises qui n'étoient pas plus *Abbayes* qu'elle. Mais excepté cela, nul Titre constitutif de la prétendue Abbaye de Saint Germain l'Auxerrois, ni qui le rappelle; nul Titre émané de cette prétendue Abbaye; nulle mention qui en soit faite dans les Auteurs. Au contraire, quelques-uns de nos Historiens ont rejeté cette prétendue Abbaye, comme étant dénuée de toute vérité. Par conséquent c'est une fable. Aussi l'Abbé le Beuf la regarde-t-il comme telle.

A l'égard de l'Usurpation prétendue faite des Biens de Saint

O

Germain l'Auxerrois par les anciens Evêques de Paris, il y en a (s'il est possible) encore moins de preuves. 1°. Nulle circonscription des Biens que cette Eglise possédoit : ainsi l'Historiographe de la Ville a pu y comprendre arbitrairement tous ceux qu'il a voulu. 2°. Nul Titre qui dise qu'un *Tel* Bien possédé par l'Evêché, avoit appartenu auparavant à Saint Germain l'Auxerrois, ni qu'il en provienne. Voilà cependant ce qu'il faudroit pour constater une Usurpation, ou du moins pour la faire présumer. Ainsi, nulle présomption & nulle preuve d'Usurpation.

RÉFLEXIONS

Sur le Diplôme de l'Empereur Louis-le-Débonnaire.

L'Historiographe de la Ville attaque ce Diplôme, le prétendant altéré en ce qui concerne Saint Germain l'Auxerrois : c'est-à-dire, que si ce Titre n'avoit point parlé de Saint Germain l'Auxerrois, cet Historiographe l'auroit laissé jouir de l'avantage d'être rapporté comme un Titre authentique par tous les Auteurs qui ont recueilli les anciens Monumens de notre Histoire. L'Historiographe de la Ville, met donc son motif tout à découvert. Mais comme j'ai fait voir dans ma Réponse à la première Partie du *Mémoire* prétendu *Topographique*, que Saint Germain l'Auxerrois n'avoit jamais été qu'une Eglise Collégiale & Paroissiale, dépendante de la Cathédrale de Paris qui avoit la Haute, Moyenne & Basse Justice jusques dans le Cloître de cette Collégiale ; le motif de l'Historiographe tombe de lui-même.

Quoique je n'aye pas intention de prendre le parti de ce Diplôme, qui ne m'intéresse en aucune manière ; je crois cependant y appercevoir (à cela près des variantes de Copistes par rapport à la date) les marques ordinaires de la vérité.

En effet, c'est l'Empereur Louis-le-Débonnaire qui, sur la représentation qu'Incade, Evèque de Paris, lui a faite de plusieurs Diplômes des Rois Pepin & Charlemagne, donnés en faveur de l'Eglise de Paris, commence par confirmer les donations faites à cette Eglise par les mêmes Rois : *Notum sit omnibus fidelibus Sanctæ Dei Ecclesiæ & nostris, præsentibus scilicet & futuris, quia vir venerabilis Inchadus Parisiacæ Ecclesiæ Episcopus, detulit serenitati nostræ quasdam auctoritates quas Domnus avus noster, Pippinus & Genitor bonæ Memoriæ Karolus piissimus Imperator ad petitiones prædecessorum suorum ipsius Civitatis fieri jusserunt, in quibus continebatur insertum qualiter, pro Mercedis æternæ augmento & firmitatis studio, eidem jam Parisiacæ Ecclesiæ per eorum auctoritates firmaverunt, &c.* Ensuite Louis-le-Débonnaire confirme en faveur d'Incade & de ses Successeurs, les mêmes Droits : *Nos verò per hanc nostram auctoritatem, easdem Res & Mancipia ac Telonea ipsius Ecclesiæ Confirmavimus & Roboravimus :* après quoi le même Empereur accorde plusieurs nouveaux Droits à l'Evêque & à ses Successeurs: *Insuper etiam eidem jam nominato Inchado, Episcopo, suisque Successoribus, Concessimus, atque more paterno per nostram auctoritatem Confirmavimus, ut, &c.* Vient ensuite le détail de ces Droits, qui sont : qu'aucun Comte, ou autre Puissance Judiciaire, ne pourra lever aucun Cens *ullum Censum* dans la Terre de Notre-Dame consistante dans l'Isle même, mais encore sur ceux qui demeureroient au-dessus & plus haut, *vel desuper manentibus.* C'est à la suite de cela qu'il est dit dans le Diplôme, que depuis le Chemin Royal qui s'étendoit depuis Saint Merry jusqu'à l'endroit nommé la Tudelle (qu'on a depuis nommé la Grange-Battelière) & dans la rue Saint Germain l'Auxerrois, aussi-bien que dans les autres rues moins grandes, aboutissantes à la même Eglise de Saint Germain, l'Envoyé du Roi ou autre Juge ne pourra lever aucun Cens ou autre redevance, & que l'Envoyé de l'Evêque réglera tout suivant sa volonté; *Præcipimus etiam atque jubemus, ut de Regali via ex parte Sancti Germani à Sancto Mederico, usque ad locum qui vulgo vocatur Tudella, in Ruga Sancti Germani, neque in aliis minoribus viis quæ tendunt ad Monasterium ejusdem prænominati Sancti Germani, ULLUS MISSUS DOMINICUS aliquam Judiciariam Potestatem ibi exerceat, neque aliquem CENSUM, neque Ripaticum, neque foraticum, neque ullum Teloneum recipiat; sed MISSUS EPISCOPI, secundùm propriam voluntatem ordinet.*

La seule chose qui pourroit faire suspecter ce Diplôme, est sa date, qui, dans certaines copies est de l'année 820, dans d'autres de 821, & dans quelques autres de 829. Mais en rejetant la date de 821 par la raison que Louis-le-Débonnaire ne paroît pas avoir été dans ce tems-là à Aix-la-Chapelle, *Aquisgrani* d'où l'acte est daté; les autres dates peuvent s'accorder aisément, en ce que l'Empereur Louis-le-Débonnaire étoit à Aix-la-Chapelle en l'année 820 & en l'année 829. Mais j'adopterois par préférence la date de 820, relativement à ce que cela s'accorde avec le nombre des années de l'Empire de Louis-le-Débonnaire, *anno Christo propitio 8 Imperii Domini Ludovici piissimi Imperatoris*, cet Empereur ayant été associé à l'Empire par Charlemagne son père dès l'année 813: moyennant quoi la huitième année de l'Empire de Louis le Débonnaire s'accordera avec l'année 820, tems où cet Empereur étoit à Aix-la-Chapelle, d'où le Diplôme est daté; & je me rapproche en cela du sentiment de Baluze & de l'Abbé le Beuf.

Pour ce qui est de savoir si Louis-le-Débonnaire étoit à Aix-la-Chapelle le jour même de la date du Diplôme, ou s'il étoit ailleurs; je suis surpris que cela fasse la matière d'une difficulté: car, qui est-ce qui peut savoir au juste, & jour par jour, les démarches d'un Prince qui est mort il y a 922 ans? Les Auteurs contemporains n'ont pu même les savoir qu'en gros; sans quoi il faudroit supposer qu'ils se seroient fait une occupation de ce Diplôme, qui, selon les apparences, leur étoit très-indifférent. A l'égard des variantes qui se trouvent dans les Copies, cela ne peut venir que de l'ignorance de certains Copistes de ces tems-là, qui, ayant mal lu l'original que nous n'avons plus, ou qu'ils n'ont peut-être jamais vu eux-mêmes, en auront mis la date comme ils auront pu.

Mais cela n'empêche pas qu'il n'y ait des raisons pour croire que le corps de ce Diplôme a toujours été tel qu'il nous a été transmis, & n'a point été altéré. J'en donnerai pour dernière preuve, la conformité qui se trouve entre ce Titre & ceux par lesquels il paroît, en quelque manière, avoir été renouvellé & confirmé. Ces Titres sont; 1°. la Transaction passée entre le Roi Philippe-Auguste & Guillaume de Seignelay, Evêque de Paris, en l'année 1222: 2°. la Sentence arbitrale de l'année 1229, & autres Titres qui contiennent à-peu-près les mêmes clauses que

Voyez ci-dessus les p. 40, 41, 42, 43 & 44.

celles énoncées dans ce Diplôme. Au surplus, toutes les Réflexions que je viens de faire à ce sujet, ne sont que des conjectures Historiques, qui viennent à l'appui d'une tradition de plus de 900 ans, en conséquence de laquelle tout ce que nous avons de meilleurs Auteurs ont toujours rapporté ce Diplôme sans le suspecter.

OBSERVATIONS

Sur plusieurs Titres rapportés par l'Historiographe de la Ville, & qui sont totalement en faveur de l'Archevêché.

Les Titres rapportés dans le Recueil de Pièces de cet Historiographe, peuvent être divisés en quatre Classes.

Les uns (& c'est le plus grand nombre) n'ont aucun rapport aux objets dont il s'agit entre M. l'Archevêque & les Officiers tant du Domaine que de la Ville. Qu'avons-nous en effet besoin de savoir que la Prevôté des Marchands a été abolie pendant un tems, & ensuite rétablie : que la Pucelle d'Orléans fut blessée à la jambe en combattant à Paris : que différens Droits appartiennent aux Officiers de la Ville dans cette Capitale ; & mille autres choses également étrangères aux objets dont est question. Si l'on ôtoit du *Recueil* de *Pièces* de l'Historiographe de la Ville, toutes celles de ce genre, ce Recueil seroit d'un grand tiers moins gros qu'il ne l'est.

Un grand nombre d'autres Titres compris dans le même Recueil, parlent de Murs & de Fossés : mais c'est de ceux des Enceintes de Charles V, de Charles IX, & autres Enceintes encore postérieures. Or, ces Pièces sont encore inutiles, attendu qu'il n'est ici question que de l'Enceinte de Paris faite par ordre du Roi Philippe-Auguste.

Quelques autres des mêmes Pièces, parlent, à la vérité, de l'Enceinte de Philippe-Auguste. Mais ce sont, pour la plûpart, des projets de Traités & des Requêtes présentées par les Officiers de la Ville, qui ont affecté d'y citer l'Enceinte de Philippe-Auguste comme ayant des Fossés & des Remparts. Ainsi, cela sera toujours regardé comme des Titres que la Ville a cherché à se faire à elle-même, & qui par conséquent ne peuvent être d'aucune considération.

Mais, il y a dans le même Recueil, un certain petit nombre de Titres, qu'il semble que l'*Historiographe de la Ville* n'ait placé-là, que pour venir à l'appui de ceux produits par l'Archevêché. C'est à ceux-là seuls que je m'arrête; les autres étant trop inutiles, pour mériter une discussion.

Mém. *Topograph.* p. 151.

A propos de quoi, par exemple, cet Auteur grossit-il son Recueil, en y rapportant le Traité fait entre le Roi Philippe-Auguste, & Guillaume de Seignelay alors Evêque de Paris? C'est un des Titres dont l'Archevêché se sert pour établir son ancienne Justice & plusieurs de ses autres Droits, ainsi que je l'ai fait voir dans la première Partie de ma *Réfutation* du *Mémoire* prétendu *Topographique*.

Voy. ma *Réfutation*, p. 40 & suiv.

Mém. *Topograph.* p. 175.

L'Auteur de ce Mémoire, rapporte ensuite plusieurs *Articles de Recette de louage des Portes de Paris.* Le premier de ces articles concerne un nommé *Thomas le Sueur, Rouissseur,* qui est dit *demeurant à Paris en la grant rue Saint Honoré, près & JOIGNANT DES MURS D'ICELLE vieille Porte par dedans la Ville, pour une Place quarrée JOIGNANT DES MURS D'ICELLE QUI FONT L'ANCIENNE CLOSTURE.* C'est précisément ce que j'ai prouvé; c'est-à-dire que dans l'Enceinte faite par les ordres de Philippe-Auguste, les *Maisons* alloient jusqu'aux *Murs qui font l'ancienne Clôture.* Nulle mention de Fossés ni Remparts; ce qui prouve qu'il n'y en avoit point à cette Clôture. Ensuite sont sept autres articles ayant rapport à sept Portes, savoir: 1°. *la vieille Porte DEDANS LES ANCIENS MURS, devant la Croix Neuve, comme l'on va de Saint Eustache vers l'Hôtel de Flandre.* 2°. La vieille Porte Montmartre étant *LESDITS ANCIENS MURS.* 3°. *La vieille Porte d'iceux MURS, qui JOINT à l'Hôtel d'Artois.* 4°*La vieille Porte Saint Martin DEDANS LA VILLE, étant DEDANS LES ANCIENS MURS D'ICELLE.* 5°. *La Porte de la rue de Beaubourg, ÉTANT ESDITS ANCIENS MURS.* 6°. *La Porte du Chaume, ÉTANT ESDITS MURS.* 7°. *La Porte de Barbette, ÉTANT ESDITS MURS.* Or, dans tous ces sept articles, nulle mention de Fossés & Remparts:

Idem, p. 176.

& d'ailleurs, s'il y avoit eu des Fossés, il n'y auroit pas eu besoin de faire des Portes par lesquelles on n'auroit pu ni aller ni venir. Ainsi ce grand nombre de Portes est exclusif de tous Fossés.

L'Historiographe de la Ville met après cela un nombre prodigieux d'articles, tirés de différens Comptes dont il ne cite point les dates. On voit seulement, en lisant ces articles, qu'ils ont rapport à des Enceintes bien postérieures à celle faite par les ordres du Roi Philippe-Auguste.

Au surplus, il ne faut pas que le Lecteur s'en rapporte aux annonces que le même Auteur met en langue françoise, en tête de quelques Titres qu'il donne tout de suite en latin : en voici un exemple. Il rapporte un Titre de l'an 1285, souscrit du Roi Philippe le-Bel; lequel Titre le même Historiographe a tiré du *Gallia Christiana*, Tome VII, page 120 *Instrumentorum*, n°. 159, & qu'il annonce ainsi. *L'Abbaye de Saint Germain l'Auxerrois doit au Roi la Taille Seigneuriale comme Seigneur suzerain, la Taille du pain & du vin comme Seigneur Haut-Justicier, & la Taille ou aide en tems de Guerre.* Mais quand j'ai lu la Pièce ainsi annoncée, j'y ai vu toute autre chose. J'y trouve d'abord une confirmation formelle de la Transaction passée entre le Roi Philippe-Auguste & l'Evêque de Paris, en vertu de laquelle le Roi n'avoit la Taille sur les hommes des Terres de l'Evêque, que quand le Roi faisoit son Fils Chevalier, ou qu'il marioit les Princesses ses Filles, ou qu'il devenoit Prisonnier en tems de Guerre. Mais je ne crois pas que l'*Historiographe de la Ville* me fasse voir que dans cet acte il soit question de la Taille Seigneuriale dûe au Roi *comme Seigneur suzerain*, ni de la Taille du pain & du vin *comme Seigneur Haut Justicier*, ni de la Taille en aide *en tems de Guerre* : je n'apperçois rien du tout de cela dans ce Titre.

MÉM. *Topograph.* pag. 190, à la fin & 191,

Mais, ne perdons pas de vue les armes que cet *Historiographe* nous administre lui-même, contre son propre systême, au sujet des Fossés & Remparts. Ces armes sont, un Titre qu'il a trouvé dans Félibien, Histoire de Paris, Tome V, page 586. C'est un *Enregistrement du Don fait par le Roi* (Charles VI) *d'une partie des anciens Murs de Paris du côté de Saint Paul, au Grand-Maître de Montaigu.* Dans ce Titre (qui est en latin, & daté du 10 Mai 1409) il est dit, entr'autres choses, que si le cas arrivoit qu'à l'occasion d'une Guerre, ou autre urgente nécessité, il fallût faire le Guet ou la

MÉM. *Historique*, p. 297.

Garde, ou aller ailleurs, & venir par lesdits Murs & Tours pour le bien & sûreté de la Ville; les Troupes pourroient aller & revenir par lesdits Murs & Tours, sans empêchement ou difficulté de la part dudit Jean de Montaigu ou de ses Héritiers; *& si casus eveniret quod occasione Guerre aut alterius urgentis necessitatis, facere oporteat Guetum seu Custodiam, aut* ALIAS IRE *oporteret, aut* VENIRE *per dictos Muros & Turres pro bono & securitate Ville,* IRE ET REDIRE *poterunt absque Impedimento aut difficultate quâcumque dicti Consiliarii, aut Heredum ipsius, &c.* Ce Titre est au moins de la même force que ceux que j'ai cité dans ma première Partie, au sujet des Blancs-Manteaux: & en réunissant ensemble toutes ces Preuves, il en résulte une démonstration complette que la Clôture de Paris faite par ordre de Philippe-Auguste, ne consiste qu'en un simple Mur accompagné de Tourelles, & de Portes, par lesquelles on pouvoit *ALLER ET REVENIR SANS EMPÊCHEMENT*; ce qui n'auroit pu être, si ce Mur avoit été accompagné de Fossés qui auroient empêché d'aller & de venir par les Portes de cette Clôture.

APPROBATION.

Nous Commissaires nommés par l'Assemblée de Messieurs les Lecteurs & Professeurs Royaux pour l'examen d'un manuscrit qui a pour titre *Réfutation d'un Mémoire Historique & Critique sur la Topographie de Paris*, par M. Terrasson, Professeur Royal en Droit Canon; avons jugé que cet écrit destiné à répandre un nouveau jour sur une question intéressante, & à servir de suite à un ouvrage déjà adopté par la Compagnie, méritoit d'être imprimé. Au Collège Royal, ce 19 Mars 1772.

Signé GARNIER,
RAT DE MONDON.

Je soussigné, Doyen de Messieurs les Professeurs Royaux, certifie qu'ils ont accordé à M. TERRASSON, l'un d'eux, leur Privilége en commandement pour l'impression de l'ouvrage ci-dessus; *Réfutation d'un Mémoire, &c.* A Paris, ce 9 Mai 1772.

CAPPERONNIER,

www.ingramcontent.com/pod-product-compliance
Ingram Content Group UK Ltd.
Pitfield, Milton Keynes, MK11 3LW, UK
UKHW020245220726
13923UKWH00002B/826

9 782329 006826